THIAGO VENTURA

LiteraRUA

1ª EDIÇÃO
TABOÃO DA SERRA
2021

THIAGO VENTURA

Concepção e autoria: Thiago Ventura	
Coordenação editorial, diagramação e capa: Toni C.	@toni_c_literarua
Produção editorial: Demetrios dos Santos Ferreira	@demetriossf
Esculturas da Quebrada: Nenê - Quebradinha	@quebradinha_
Ilustrações dos capítulos: Bruno Batista	@batistabruno.lion
Artes das piadas: Miranda	@gabimirandas
Foto da capa e da orelha: Priscila Furuli	@priscilafurulifotografia
Fotos do espetáculo: Fábio Augusto Fortinho	@fabiofortinho
Revisão ortográfica: Alexandre Marcelo Bueno	@alexandrembueno76
Produção executiva: Luis Gustavo (Lugão)	@lugaoproducao
Coordenação administrativa: Luciana Karla Macedo	@lucianakarla.macedo
Colaboração: C.A. Produções	@caproducoes

Texto principal baseado no espetáculo *Só Agradece* gravado no Teatro Positivo de Curitiba no dia 21 de setembro de 2018.

Produção e realização Vents e LiteraRUA.
www.**ventsoficial**.com.br | www.**LiteraRUA**.com.br
@ventsoficial | @literarua_oficial

Obra em conformidade com o Acordo Ortográfico da Língua Portuguesa de 1990 em vigor no Brasil desde 2009. Contém linguagem em conformidade com a RUA.

Dados Internacionais de Catalogação na Publicação (CIP)
(Câmara Brasileira do Livro, SP, Brasil)

VENTURA, Thiago
   Só agradece / Thiago Ventura – 1ª Ed. São Paulo : LiteraRUA, 2021.

   ISBN do livro físico: 978-65-86113-03-7
   ISBN do livro digital: 978-65-86113-04-4

   1. Comédia brasileira 2. Humor na literatura 3. Sátira brasileira I. Título. II. Autor. III. Vents. IV. LiteraRUA.

21-76424   CDU: 869.9

Índices para catálogo sistemático:

1. Humor : Literatura brasileira   869.9

Aline Graziele Benitez - Bibliotecária - CRB-1/3129

PSIU!

PREFÁCIO

Viemos de um lugar de gengiva frágil,
onde os dias passam
com flúor, mas sem anestesia.

Incisivo,
apesar da boca torta,
obturamos sonhos onde
quase todos os dentes
ficaram falsos.

E entre pontes e canais
que atravessam o céu da boca,
nenhuma cárie foi tão grande
a ponto de impedir
nosso sorriso verdadeiro.

Há momentos em que viver e morar na Quebrada não tem graça nenhuma.

Correr olhando pra trás, olhando pro céu e sobreviver empinando pipa em dias sem vento, ensina que a vida é tão breve que viver o amanhã é um presente raro. Uma nuvem passageira.

Seguimos lutando, adorando um deus chamado trabalho, a vida passando cerol nos nossos sonhos e nós esfregando um sorriso na cara da tristeza.

Thiago Ventura domina arte de fazer sorrir, porque vem desse lugar, e sabe que a alegria é frágil, por isso quando nos faz sorrir, não ri de nós, sorri com a gente.

Quando o conheci, sentado numa mesa de trabalho, sorria pelos olhos e falava dos seus sonhos... pra quem não sabe correr atrás do sonho, é coisa séria. Tem a ver com suor e lágrimas.

Thiago nos ensina que melhor do que fazer sucesso, o que é muito bom, é preciso estar feliz no que faz. E ele divide sua felicidade com a gente.

E a gente ri fácil, como se fosse feliz também.

Na moral, a Rua agradece.

@poetasv

AGRADECIMENTOS
AGRADECE
COMEÇAMU

Para pessoas que estão bem:

E aí? Suave? NOSSA! Que bom. Não esperava te encontrar tão bem assim. Até sorri aqui enquanto escrevia. Energia boa da porra. Caraio. Seja bem-vinda, pessoa.

Para pessoas que não estão muito bem:

Tenta respirar mais devagar, sei lá. E aí? Suave? Ah... Me conta. Hm. Porram... Óia que fita. Tudo bem. Você tá certa de não estar muito bem. Caralho, olha isso, osso!
Não sou muito bom de conselho. Eu sempre acho que conversar ajuda. Então, quer trocar uma ideia? É eu sei. Se eu não vou te escutar, então não estamos trocando. Na real, só você tá escutando minha voz. Doido isso.
Você consegue ler com a minha voz ou apenas com a voz que tem na sua cabeça? Num parece que a gente tá trocando ideia? Não, né? Afinal, trocar é eu te ouvir também. Vixi..., mas, iai? Você percebeu que eu disse a mesma coisa duas vezes nas frases anteriores? Foi mal. Era só pra te distrair.
Ow, então..., mó dia esquisito, né? Aliás, mais um dentre tantos que você já passou e tem certeza de que vai passar, que nem eu. Que nem todo mundo. Poucas pessoas lidam bem com os problemas, pouquíssimas admitem que está difícil e quase nenhuma fala que não consegue. Sabe essas coisas bobas que por algum motivo mais bobo ainda a gente deixa passar? Então, sempre que eu me sinto mal, tento admitir o que está acontecendo, por mais vergonhoso que seja, é esquisito, mas pra mim é o primeiro e o mais importante passo. A gente tem que ser de verdade e entender que nem toda verdade é a pampa de lidar.

Então, se você não tá muito bem, eu torço pra que você consiga se distrair com esse livro e que, sendo até mais otimista, tenha o 0,01% de *start* pra que seu dia melhore nessa porra. Bem-vinda!
   Pra começar, um ajuste: **editor, risca esse negócio de "Agradecimentos" e escreve assim: "Agradece"**, firmão? Vamos escrever do nosso jeitão, que isso aqui não é *Dom Casmurro*.

   "Senhoras e senhores, com vocês, o meu filho Thiago Ventura!".

   Quero agradecer todas as pessoas que trabalharam e me acompanharam no dia da gravação desse especial tão importante na minha caminhada. Milhares de pessoas foram me assistir no Teatro Positivo em Curitiba e, ver minha mãe, Dona Nice, em cima daquele palco me anunciando pra tanta gente, foi altamente lacrimejável e uma das melhores coisas que me aconteceu. Por isso, a todos que foram: MUITO OBRIGADO, MEMO!

   P.S.: a palavra lacrimejável não existe, mas faz todo o sentido né?

   Outro agradecimento que quero registrar são os depoimentos das pessoas presentes nesse livro. AVE MARIA! Não esperava essa cachoeira de carinho coletada pela LiteraRUA e fiquei extremamente feliz com as palavras de cada um de vocês. Por isso: *Só Agradece!*

   POR FIM E MUITO MAIS IMPORTANTE, quero agradecer você que tá lênu essa linha nesse exato momento. Sim. Você memo que tá segurando esse livro e se perguntando: "Ele escreveu lênu ao invés de lendo?", sim pras duas! É, com você e a resposta é sim, escrevi. Sério. Muito obrigado de verdade. Você, sem saber, dá sentindo a minha existência e me tira de qualquer dúvida que me joga pra baixo. Pelo feito, eu declaro: 20 PONTOS PARA GRIFINÓRIA! :)

THIAGO VENTURA ADVERTE

Esse livro contém depoimentos com uma overdose de elogios claramente mentirosos sobre a minha pessoa, colhidos pela **LiteraRUA** de maneira irresponsável!

Acredito que o único objetivo dessa editora é, de uma maneira que eu ainda não entendi muito bem, destruir a minha carreira e minha imagem.

Ressalto também que todas as pessoas que aqui escreveram suas declarações, COM CERTEZA, foram torturadas no ato da conversa e tudo o que disseram não deve ser levado em consideração por ninguém. No entanto, ficou muito bonito.

Boa leitura e se você é diabético, cuidado! Os depoimentos estão doces até demais!

INTRODUÇÃO
OPERAÇÃO NO JOELHO

Eu adoraria ter um amigo **MUDO E UM CEGO** Só pra apelidar os dois de **ENTRADA DE ÁUDIO E VÍDEO**

INTRODUÇÃO

OPERAÇÃO NO JOELHO

Aê na moral, antes de começar, você precisa entender que os textos deste livro estão diferentes do que você assistiu na internet, firmão? Então, você pode até estranhar, mas pensa comigo: se fosse pra você ler palavra por palavra, era melhor assistir o mesmo show legendado.

Em dezembro de 2017, rompi os ligamentos do joelho e vou só contar como é que foi de maneira bem resumida: "Ninguém fez **nada** comigo e os ligamentos se romperam". Isso mesmo. Eu simplesmente fui virar pra correr e os ligamentos, pelo visto, tavam mexendo no WhatsApp. Ninguém se comunicou e foi uma dor absurda. Você já se cortou com faca? Se sim, minha pergunta é: será que você não precisa de ajuda? Se sua resposta for não, saiba que parece uma facada. E agora você pode até tá se perguntando: "Thiago, você já tomou uma facada pra saber?". A resposta é não, mas se você também não tomou, então não pode falar de mim.

Quero aproveitar pra agradecer a gentileza a toda equipe do Hospital de Base de São José do Rio Preto que me operaram na pura alegria e bom coração, afinal eu não tinha nem plano de saúde na época e eles propuseram me operar de graça, tá ligado? Então, muito obrigado mesmo!

Levei minha mãe comigo. Claro fí, você acha que eu sou trouxa? Era anestesia geral, o famoso "dorme neném" e acorda com trauma. Não confio em ninguém e outra: quando acontecer qualquer coisa de errado, ela já dá dois gritos na orelha de vagabundo e viciado e é pokas ideias, porque minha mãe não fala alto, ela berra, tá ligado? Teve um dia que ela veio me contar um segredo no ouvido e a vizinha falou: "Sério mesmo, Nice?".

Eu entro pra operar e o cara fala:

– Thiagão, na moral, eu trouxe a sua roupa pra cirurgia.
– Já tô com a minha roupa de operar, cuzão. Vou operar de Billabong (hoje eu prefiro a Vents 1.000 vezes).

— Não, tem essa roupa aqui que é especial.
— Demorô.

Fui lá colocar a roupa dos caras, roupa verdona, até lá embaixo, dei uma amarrada na altura da cintura, dei dois passos, virei e um ventão no meu cu. Pensei: "Caralho, o que aconteceu com a roupa dessa galera aqui?". Aí eu comecei a ficar meio pá com o cara que me atendeu lá, tá ligado? Porra! Por que ele me deu a roupa aberta atrás? Eu fiquei chateado. Que maluco desatento, tiu. Aí eu reclamei:

— Cê nem leu o prontuário, né viado? A cirurgia é no joelho cuzão, tá moscanu, hein!

Aí, na moral, eu não sei por que os cara dão essa roupa, você tem que ficar pelado, tiu! Peladão ao redor de uma galera que eu nunca colei. Será que o cara tá acostumado a operar joelho e toda a vez que dá certo, ele dá um tapa na bunda? Eu não sei. Será que é um ritual ou é uma comemoração deles? Que bagulho ruim da porra.

Aí beleza, operei. Os caras deram uma injeção em mim chamada Raqui, parece que eles compraram ela na TokStok, uma injeção que dão em mina grávida e em mim também. Acho que o médico olhou a cabeça e pensou: "Ihh, é gêmeos!".

Firmão. Acordei no outro dia, meu joelho igual a cabeça de uma criança, nunca vi um joelho tão inchado, parecia que tinha terminado com a mina dele e tava chorando há dias. Eu tava todo fudido, pensei: "Mano, vou dar uma apalpada na minha peça pra ver se ela tá vivona e pá". Cuzão, eu tô acostumado com o meu pau mole, tá ligado? Só que aí, ele tava ausente. Cê é loko! O pau faleceu. Eu li nos pentelho e tava escrito: "Aqui jaz um pau guerreiro". Eu sabia que ele tava morto, a cabeça tava roxona.

Aí beleza, eu tava lá suave, entrou uma médica mó gata pra me atender, pensei: "É mano, tomara que essa mina não venha pra cima, porque eu tô sem o goleiro, tá ligado? Tô sem o Jailson". Suave, começamos a trocar uma ideia. Depois de duas horas, passou o efeito do remédio e começou a doer... minha Nossa Senhora! Começou a doer, que a dor subia pelo peito, juro pra você, meu pau até voltou! A dor ressuscitou meu pau, só pra você ter noção. Na minha infância eu aprendi que o único jeito de tirar uma dor é transferindo ela pra outro lugar. Olhei pra trás, comecei a dar vários socos na parede:

– TÁ DOENDO PRA CARALHO!
Minha mãe, que eu levei pra dar força, falava assim:
– Meu filho vai morrer! Por que Senhor? Logo o único que virou!
E aí, quando eu olhei pra frente, tinha 6 médicos. No hospital público! Falei:
– Tiu, que cês tão fazendo aqui? Tem uma galera morrendo. É 1 contra 1 aqui.

Aí eles foram me ajudar, deram Oxycontin na veia, não pegou. Deram um remédio chamado Tramal, não pegou. Me deram Morfina, pegou pra caraaaaaaaaalho. Olha, eu já gosto muito de maconha, mas a Morfina é tipo o Megazord. Caralho, o bagulho estremeceu o meu corpo. Falei: "Eita porra!". Eu juro que quando eu já tava pronto pra dormir, eu falei:
– Senhora, não tem como enrolar uns dois desse não, deixar prontinho ali?
30 minutos depois eu acordo com o joelho doendo mais que dedinho na quina da cama. Já tinha passado o efeito do remédio, olha isso! Todo mundo ficou muito assustado. Aí me deu outra Morfina, não pegou. Deu mais outra Morfina. Outra. Eu tava parecendo um Opala véio, não pegava nem no tranco.
Aí quando eu comecei a adormecer, a médica olhou pra mim e disse que queria falar comigo e colocou todo mundo fora da sala, alegando que precisava conversar em particular e os caraio.
Enquanto isso, eu pensando: "Puta que pariu, ela vai vir pra cima. Agora não... Justo hoje que meu pau ta parecendo o Sub-Zero do *Mortal Kombat*". Ela olhou pra mim e falou:

– Thiago, os medicamentos não funcionaram no seu organismo e eu preciso fazer algumas perguntas. Thiago, seja franco comigo. Qual é a sua relação com drogas?

— Maravilhosa!
— Thiago, eu não estou aqui pra brincadeira.
— Estou falando sério mesmo. Eu puxo, fico locão, durmo, larica, tudo certo.
— Thiago, você tá falando de maconha?
— Óh, temos uma Sherloka por aqui! Agora entendi por que estudou 8 anos, hein!
— Thiago, qual é a droga que você usa?
— Eu gosto só de maconha. Gosto muito de maconha, se eu pudesse eu tomava banho de maconha.
— Thiago, eu não tenho certeza, mas talvez pelo alto nível de THC no seu corpo, os remédios não estejam fazendo efeito. Thiago, eu sinto muito, mas você vai ter que parar de fumar maconha.

Naquele momento eu percebi que ela estava falando sério de verdade, não era mais brincadeira. Era uma profissional da saúde dizendo algo com relação a minha saúde. Pensei muito enquanto olhava pra ela e disse:
— Moça, faz só seu trampo!
Aê, foram dias horríveis. Minha mãe ficou comigo o todo tempo. Tadinha. Aê Mãe, se você ler essa parte, saiba que eu te amo de um jeito que eu nem sei explicar. Foi importante pra mim passar aquele tempo com ela. Por mais que a dor fosse algo horrível, entender que minha coroa sempre estará comigo é muito foda. Ela me ajudou em tudo. Tenho que agradecer de verdade. Aliás, temos que aprender a dizer obrigado não só por educação e muito menos por obrigação, temos que agradecer também pra motivar e por reconhecer. É mó treta encontrar alguém que azideia bate. Então, agradeça pela presença, pelo colê, pelo ouvido. Seja grato. Minha mãe me ensinou essa fita. "Aê, eu nunca disse isso, mas eu agradeço seu afeto / nossa amizade / por essa conversa". Tente dizer algumas dessas frases, geralmente as pessoas não dizem. Então, Mãe, Só Agradece por ser tão presente na minha vida e por me influenciar a correr pelo certo, sendo educado e da hora. Minha mãe me ensinou a se importar com os nossos. Acordar e olhar ela dormindo na cadeira que ficava na minha frente só me confirmou essas ideias. Ela é por mim e ter esse sentimento comigo é muito brabo.

Depois de sair do hospital, fomos numa farmácia comprar minhas muletas. Eu odiava. Aquele bagulho fere o sovaco de maneira verdadeira. Com muito gelo, remédio, alguns exercícios e com o tempo, o joelho começou a melhorar. Ele saiu de melancia pra melão, mas dava pra apoiar o pé no chão, o que pra mim já era um avanço a pampa.

Quero contar pra geral que a recuperação poderia ter sido mais rápida, se o bonitão aqui não tivesse exagerado na quantidade de exercícios. Era pra fazer 3 séries de 15, eu fazia 3 de 100. Um idiota, o nome. Isso começou a zoar meu joelho de novo. Mas, ao mesmo tempo, eu ficava mais confiante em tentar dar um passo ou outro sem muleta.

Ah, lembrei de uma coisa, de Rio Preto pra cá, pegamos um avião que balançava muito. Minha pressão foi pra casa do caralho e meu joelho latejava de um jeito que eu precisei ir pro médico direto. Quando pousamos em Campinas, a equipe de bombeiros me atendeu mó bem e fiquei suave. Só contei essa parte pra agradecer aquelas pessoas que foram da hora comigo. Me salvaram de verdade.

Voltânu! Quando comecei a pisar, achei que era a hora de logo lançar uma bengala loka pra voltar a andar. Pensei numa cromada. Que saísse fogo e os caraio. Pedi uma pra mim e trouxeram uma de 17 conto da farmácia. Fiquei puto, cinco minutos depois, achei chave. Parecia um pequeno cabinho de vassoura. Muito da hora. Graças a bengala eu fiquei mais confiante até pra dirigir, acredita?

No meio da minha recuperação, com o joelho bola, eu fui fazer show no Beverly Hills. Não me julgue. Eu tava há meses sem fazer show e eu nunca tinha passado por isso em toda minha vida, fui. Fiz o show. Testei as piadas. Funcionaram. Voltei feliz. Puta que pariu! Que alegria monstra. Monstra! Monstra, até que o sangue esfriou. Meu parceiro, que dor do diabo. Como eu não queria contar o porquê da dor pros outros, afinal eu tinha ido na calada, no sapatinho, acabei ficando quase 4 horas de pé pra cima, tomando remédio. Valeu a pena? NÃO! Mas na hora eu achei que tinha valido.

Respeite a recuperação do seu corpo, não vale a pena de verdade. Depois disso fiz uma série de exercícios de fisioterapia (Valeu, Jessica) e meses depois eu consegui voltar a ter frequência no palco, até gravar o show que você assistiu no YouTube.

SALVE BIG

Mano, se eu fosse só resumir as ideia, eu teria que escrever o livro todo sozinho... eu não só falo por mim, mas por vários dessa nova geração da Comédia, que só estamos nessa porque você mostrou que era possível, tá ligado? Eu lembro que eu tinha 16 anos, assistindo os especiais do Chris Rock e vendo a cena nacional e pensava: "isso é coisa de rico".

Eu nunca vou conseguir fazer algo desse tipo, falando da Quebrada, da vivência, dos perrengue, até você chegar, irmão!

E tu não sabe o quanto pra mim é mais gratificante do que pro restante, como comediante, porque somos da mesma Quebrada, Taboão. A gente não aguentava mais ter que depender do time Cats pra representar a Quebrada. Agora a responsa da bandeira é sua!

Muito obrigado por recapear o caminho das pedras pra nóiz hoje em dia podê andar.

Um forte e leal abraço do seu conterrâneo.

FELIPE KOT
@ofelipekot

SOBRE SUCESSO

Eu li uma frase de um livro que diz que o rei que teme o povo não é rei de verdade, tá ligado? Então, esse bagulho de fama é como a frase de um trap do Drip da Roça:

"Eu tô bem acostumado com a fama / Confesso que ela me ilude, mas nunca me cega / Mantendo os olhos abertos eu tô protegido contra toda inveja".

Minha mãe fala pra mim que existe diferença entre você estar famoso e você ser famoso: A Xuxa é famosa. Eu sou o Thiaguinho Big Big da minha rua. Daqui a pouco eu falo uma merda e ninguém mais tá no meu show. Então, não posso dar mole achando que as coisas vão durar pra sempre, tá ligado?

Pra mim, sucesso é um bagulho de começo, meio e fim. Sempre. Começo, meio e fim! Eu tive sucesso hoje em malhar, fiz minhas séries de exercícios e conclui. Isso é sucesso, tá ligado?

Sucesso tem que ser rápido, sucesso não é um estado, sucesso é o momento. Por exemplo, gol é ter sucesso. Simples. O jogo foi dois a dois, o atacante que fez os dois gols, levou o time que tava perdendo para os pênaltis. Aí agora, imagina que esse mesmo cara bateu o último pênalti da série e perdeu: foda-se os dois gols que ele tinha feito, meu parça. Pokas!

Os meus sucessos, sou eu tentando atingir os meus objetivos. Agora, fama é um bagulho meio esquisito. Alguém fala: "Ôh, você tá mô famoso, hein?". Eu não acho não, a fama é tipo aquela pessoa que você gosta do colégio e ela nem pá pra você. Aí você fica insistindo com ela pra caralho e ela não te responde, aí você para de ligar pra ela e, do nada, quando você vê, as coisas tão acontecendo.

O meu primeiro livro *Isso É Tudo Que Eu Tenho* abre com a frase do Lucas Moreira que diz: "Nada supera o bom trabalho. Se você mantiver a qualidade, cedo ou tarde terão que te aceitar". Se você for bom pra caralho, não tem o que fazer, truta.

Eu sou da Comédia Stand-Up, preciso ter sucesso, toda hora. Lição número 1 pra minha vida na Comédia: se eu parar de escrever, eu tô fudido. Lição número 2: Eu tenho que dormir e acordar pensando nessa porra, senão eu fico pra traz. Não tem como parar mais, já encontrei o que eu amo fazer e não tem como eu falar: "Eu não tenho que ter esses pequenos sucessos". EU SOU VICIADO NISSO! ME DÁÁÁÁÁÁ! Senão, não sai o *Modo Efetivo*, que é o meu show atual (2021), não sai o *Porta de Entrada* (2022), não sai *Daquele Jeitão* (2023), que são os próximos especiais. Minha meta é fazer 10 especiais de Comédia Stand-Up e publicar pra vida. Espero sobreviver aos sucessos e a falta dele até lá. E você? Já pensou o que os seus sucessos vão deixar pra trás? Se sim, da hora. Se não, foda-se! Faz o que você quiser, bb. Muita pressão.

PALAVRAS MÁGICAS

Sempre me divirto quando algum fã lembra da minha frase que abre o livro de estreia do Thiago Ventura: "Nada supera o bom trabalho...". Eu falei isso depois de um show em que o Thiago saiu desanimado e estava desabafando. Então, eu olhei nos olhos dele, segurei suas mãos e falei esta frase. Foram palavras mágicas...

Na verdade, não foi assim tão cena de filme como tá parecendo. Eu não sou *coach* e nem esse incentivador todo. Foi só pra parecer legal mesmo e que bom que deu certo.

Lembro que na primeira vez que fui assistir a sua apresentação, a animação da plateia já me surpreendeu muito. Gritaria e empolgação que eu nunca tinha visto dentro de um teatro. A plateia parecia que tinha ido torcer por ele.

Só Agradece serviu como uma renovação de ânimo pra mim. Senti que assistir Stand-Up ainda podia me divertir muito. É uma linguagem bem viva e com poder de expressão bem atual.

É uma grande alegria estar presente com minhas palavras em mais um livro. Fico feliz em ter a oportunidade de ver tudo isso de perto. Piada e risada na cara de vagabundo!

LUCAS MOREIRA
@olucasmoreira

NOTA 10 NA FACUL

Eu acompanho o Thiago desde o início da carreira. No começo, eu estava em praticamente todos os shows dele. Eu sempre acreditei muito no talento, foco e determinação que esse cara tem.

A sua primeira apresentação, que na verdade não foi um show, foi na sala de aula da faculdade. Hahahaha... Nós tínhamos um professor de comunicação chamado Caio Colombo que sempre nos incentivava a nos tornarmos empreendedores e ele carregava uma caixa de som e um microfone para as aulas. Tivemos a brilhante ideia de pedir um espaço na aula pra esse professor que de bate-pronto aceitou. Ali eu vi que o Thiago tinha talento e cada vez mais tentava encorajá-lo a ir atrás desse sonho. Foi aí que tudo começou.

Ele passou a estudar Teatro, estudava muito outros comediantes e os shows começaram a aparecer. Lembro como se fosse hoje, um show que ele fez num bar em Perdizes. Contando comigo, a plateia eram 3 pessoas e um deles ainda me ofereceu cocaína! Claramente não estavam interessados no show.

Ele trabalhava no banco, fazia os shows de noite e seguia para o trabalho praticamente virado. Ele lutou e se esforçou muito acreditando nesse sonho. Sempre foi uma pessoa muito organizada e planejou tudo na sua vida, até que decidiu sair do banco e viver de comédia.

Quando ele me contou que iria fazer um show no Comedians, transbordava de alegria, porque ali era uma porta muito importante se abrindo. Como sempre, o show foi um sucesso e, depois disso, ele foi voando cada vez mais alto.

A estreia do primeiro show solo me marcou muito também. Lembro o quanto ele estava nervoso e preocupado, mas foi maravilhoso como sempre.

O Thiago merece todo o sucesso do mundo, é um cara muito FODA em todos os sentidos e me transborda de alegria o sucesso e a vitória desse irmão que a vida me deu e que amo muito.

RODRIGO BRANCÃO
@rodrigomuffato

CAP. 1
A PRIMEIRA VEZ QUE OUVI...

Teve um dia que esqueci meu relógio no hotel e liguei lá pra perguntar se encontraram:

- Oi vocês acharam meu relógio?
- É um preto?
- É!
- Ta escrito o que nele?
- Casio!
- É ele mesmo. Pode vim buscar, Cássio.

CAP. 1
A PRIMEIRA VEZ QUE OUVI: "SÓ AGRADECE"

Esse livro se chama *Só Agradece* por três motivos que vocês vão conhecer no caminhar da leitura.

O primeiro motivo é que "Só Agradece" significa: "Obrigado!". Ora, ora, temos um Sherlock Holmes aqui hoje. Sabe qual que é a fita? É que nem todo mundo é de Quebrada, e essa gíria "Só Agradece" saiu de São Paulo. A primeira vez que eu escutei essa gíria, fiquei bem confuso. Muleque chegou pra mim e falou:

— E aê Thiaguinho, suave? Aê muleque, primeiramente vamu agradecê a Deus que a gente tá vivo. Segundamente podê apreciá esse papo com você. Então, será que não tem condições de você levar um fogão pra mim em Osasco?

— Aí muleque, na humildade memo, na humildade memo, na humildade memo... Primeiramente vamu agradecer a Deus que nóiz tamu aqui trocando essa ideia, segundamente agradecer a Ele que não ti deu um carro, mas deu pra mim, pra levar o seu fogão lá na puta que o pariu. Se você quer que eu leve o fogão, vou levar.

Aí eu falei: "Demorô" ele falou: "pode pá" eu disse: "com certeza" e ele: "interessante" e ficamos nisso por uns 20 minutos. Coloquei o fogão dentro do carro, levamos até Osasco e chegando lá, ele olhou pra mim e falou assim:

— Aê muleque, na moral, tiu, será que não tem condições de você instalar o fogão pra mim?

Eu sei instalar fogão, enchi meu peito e falei:

— Nem fudendo.

— Porra muleque, mas, na moral, eu até instalaria, só que eu só tenho até a oitava série... se eu tivesse completado os estudos, eu instalava o fogão.

Eu olhei pra ele dando risada e disse:
– Mas que porra de colégio é esse que ensina a instalar fogão? Tu estudou onde, na Consul?

Só que eu sou gente boa demais com os meus amigos, sou trouxa de gente boa. Fui lá e instalei o fogão. No que eu instalei, ele veio e me falou a gíria que eu não entendi nada, fiquei bem confuso. Chegou pra mim:

– Aí Thiaguinho, na moral... Trouxe o fogão, instalô o fogão, só tenho um bagulho pra te falar...
– O quê?
– Só Agradece.
Eu, confuso respondi:
– Obrigado!

Porra, mas fui eu que fiz o trabalho, entendeu? Eu levei o fogão, instalei o fogão e vagabundo quer que eu agradeça a ele ainda? Só que foi nesse momento que eu descobri que, através da gíria, o "Só Agradece" representa tudo o que eu quero dizer nesse livro, que é: "Obrigado!".

O CARA QUE MUDOU A PORRA TODA...

Existe uma Comédia antes e uma depois de Thiago Ventura. É assim que eu apresento meu primeiro amigo na hora dele subir no palco, mas uma coisa que pouca gente sabe é o que eu vou contar agora.

Antes do show 4 Amigos ficar conhecido no cenário da Comédia, o Thiago Ventura já estava explodindo em todo o Brasil com as suas piadas engraçadíssimas e um estilo muito original.

Nesse período, o show 4 Amigos era praticamente o show "Amigos do Ventura". As pessoas iam pra assistir o Ventura, mas por tabela assistiam outros 3 comediantes completamente desconhecidos.

O Ventura era uma explosão, uma mina de ouro para empresários do meio. Tanto que o maior deles (na época) fez uma proposta para o Thiago Ventura trabalhar com ele, oferecendo uma pauta no teatro dos sonhos de todo o comediante, o palco do (infelizmente) falecido Frei Caneca. Um templo da Comédia Stand-Up no qual já ficaram em cartaz grandes nomes da Comédia, como Danilo Gentili, Rafinha Bastos, Fábio Porchat...

Isso era um sinal de que o Thiago Ventura havia chegado lá. Estava mostrando para todos que era uma realidade e o grande nome do momento. Mas havia uma condição pra que isso acontecesse, pra ele entrar em cartaz no Frei Caneca, ele teria que sair do show "Amigos do Ventura".

Qualquer pessoa teria saído do grupo, aliás, era completamente compreensível que isso acontecesse, provavelmente todos do grupo entenderiam e ninguém ficaria bravo, chateado, ou magoado com a decisão dele em sair. Como disse antes, era o sonho de quase todos os comediantes entrar em cartaz no palco do Frei Caneca.

Mas não pro Thiago. Antes de qualquer coisa, ele preza os amigos, corre pelos dele, é o cara mais honrado e leal que eu já conheci. Jamais que ele colocaria algo a frente dos amigos.

Ele disse "não" pra esse empresário. Recusou entrar em cartaz no Frei, porque na cabeça gigantesca dele era inadmissível "abandonar" os Amigos.

Alguns dias depois esse empresário percebeu que ele falava sério e voltou com outra proposta: agenciar o Thiago e o grupo. Afinal de contas, um cara do *business* não iria perder um dos maiores fenômenos que já surgiu na Comédia brasileira.

Que bom ter um espaço aqui pra contar essa história. Assim, posso escrever pra todos os seus fãs lerem o que já te disse pessoalmente: Thiago Ventura, *Só Agradece*.

DIHH LOPES
@odihhlopes

DUAS VERDADES

Nunca havia visto alguém tão próximo da verdade, Ventura tem um modo peculiar de olhar o mundo. Assim como na Comédia, ele entendeu os gatilhos.

Sempre achei que existiam duas verdades: a minha e a que eu falo em voz alta, até ver o Thiago escancarar seus sentimentos, um grito de socorro e autoconhecimento nele e eu me segurei pra entender que é possível...

Que é possível acreditar de verdade numa desconstrução de ideias.

A nossa amizade começou como companheiros de profissão. Amigos do mesmo programa, até irmãos que vivem juntos pra vida, regados a cervejas e *becks* nessas transições.

Encontramos em nossas manhãs a fuga para nossas ideias. Era o horário que a gente tinha pra conversar. Eternas conversas matinais sobre nossas vidas finitas, sobre comédia, sobre uma série, um filme, uma música e até dança.

Sobre o que se faz, porque se faz e o que não faz sentido.

Ventura sonha com a simplicidade da alegria: tá bem é tá perto.

Somar é o mínimo requerido para ser feliz, amizade e lealdade nunca foram palavras distintas.

De Taboão para o mundo, um irmão que a vida me deu e olha que eu nem conhecia Taboão!

Uma vez ele me disse: "Eu queria poder ao menos salvar todos que eu amo" e pense num cara que tenta...

Não é que ele sonhe em ser nosso herói, mas no dia que tiver um apocalipse zumbi, eu sei quem eu quero do meu lado.

RODRIGO MARQUES
@rodrigoomarques

CAP. 2
AMANAKASHAMANA

UM AMIGO DISSE
QUE MINHA CABEÇA
É QUADRADA

E QUE SE EU FOSSE UM
TRANSFORMERS, SERIA UMA DOBLÔ.

CAP. 2
AMANAKASHAMANA

Meu amigo leitor, minha vida mudou pra caralho, eu tenho muito o que agradecer. Olha só: em 2015, eu tinha 3 mil curtidas na minha página. O bagulho foi pra 3 milhões. Hoje, agosto de 2021, o YouTube passa de 5 milhões. Instagram com mais de 6 milhões. 4 Amigos, explodido no YouTube também. A Culpa é do Cabral, estourada na tv fechada.

Fraga, eu, Afonso Padilha e Mhel Marrer, na época, gravamos um especial pra Netflix que foi traduzido pra 28 países nessa porra! Tá entendendo? Estamos gigantes! Aliás, eu tenho que tirar o meu gigante boné pra aplaudir Mhel Marrer e Afonso Padilha, sou muito fã da canetada dos dois e faço questão de registrar o talento e a inteligência desses dois filhos da putinha que eu tanto admiro.

28 países! Eu nem sabia que tinham 28 idiomas. Eu achei que era inglês, espanhol, português e ruído! Porra, porque se você fala "bom dia", eu entendo. Se você fala *"buenos días"*, eu entendo. Se você fala *"good morning"*, eu também entendo. A pessoa chega pra mim e fala: "おはようございます", eu não entendo porra nenhuma! Mas agora, eles vão me entender e isso é demais.

Mas sabe qual que é a grande fita? É porque a maioria das pessoas que curtem meu trampo é de Quebrada e isso é du caralho. Vou repetir: ISSO É DU CARALHO! E sabe por que eu acho du caralho? Eu sei. Você sabe. A gente conversa pelo que sente.

Quando eu estou no palco e mando: "Quem é de Quebrada faz barulho", vocês todos: "Vai, caralho! É isso mesmo, Big Big, na moral, com licença, saca o cano e: blau, blau, blau!".

E isso é maravilhoso, porque, ao mesmo tempo que você que é da Quebra grita, eu consigo ver na cara da pessoa do seu lado que tem dinheiro assim, ó: "Meu Deus... Rita? Esses selvagens frequentam o mesmo ambiente que nós! Aprendemos no Discovery Channel que, se você se fingir de morto, o urso vai embora".

RITA

A "Rita" é a representatividade do que você quiser que ela seja. A Rita veio primeiramente de uma piada que eu fiz lá na Granja Viana, e eu sem expêrí pra fazer a leitura da plateia, puxei uma frase: "Tá ligado quando você dá sinal pro ônibus?". Não, meu irmão, ninguém tá ligado, não passa ônibus. Todo mundo tem que ter carro pra morar na Granja Viana. Aí eu vi que uma mulher comentou um bagulho e ficou de cara feia pra mim e aquilo roubou minha brisa. Parecia que eu tava incomodando.

E Rita é o nome de uma amiga da minha mãe. Ela me irritava um pouco. Mas não porque ela era chata, é porque ligava muito cedo no sábado. A Rita é ótima, a Fátima é ótima, mas não se liga no telefone fixo 8 da manhã no sábado, depois que eu trampei a semana toda... Mas nesse caso é a persona daquelas madame que mede a gente, julga e fica fazendo comentário filho da pulta quando vai embora.

Sabe por quê? Porque eles não acreditam que a gente tá em todo canto e a gente tá em todo canto. Quer ver? Tem coisa que só quem é de Quebrada entende.

Se você na infância passou por banho de chuva, sabe como funciona! O pobre sente o cheiro de chuva! Ele sai meio-dia de casa e grita:

– Ihh, 8 e meia, vai chover, hein?

E enquanto a gente grita, o cara que tem dinheiro tá do teu lado assim, ó: "Meu Deus... Rita? Eles se banham na chuva! Será que a Johnson & Johnson fez um *shampoo* apropriado?".

Então, aonde eu for, pelo fato de eu ser de lá, eu vou levar o nome da minha área e sabe por quê? Porque os meus amigos foram a minha primeira plateia. Sem eles, eu não saberia se eu sou engraçado ou não. Eles são burros? Porra... Eles são feios? Sangue de Cristo tem poder... São do PCC? Melhor não comentar... Mas eles são foda pra caralho! Mas posso falar? Nem sempre foi assim. Eu fiz muito show, tipo, durante dois anos da minha vida, pra menos de 20 pessoas. Menos de 10 pessoas. Menos de 5 pessoas. Eu já fiz show pra 3 pessoas e só metade gostou. O primeiro gostou, o segundo não, e o terceiro falou:

– Gente, eu não sei nem o que tá acontecendo. Eu só ia no banheiro.

A grande virada mesmo veio quando, em 2012, um amigo meu chega pra mim e fala assim:

– Thiago, vem fazer um show em Sorocaba, a gente quer que você fique no elenco.
– Onde?
– Sorocaba.
– Que horas?
– 9 horas.
– Mas são 8 e meia!
– Então é melhor correr, hein.

Peguei meu carro, fui falar com a minha mãe:

— Mããão, aê Mãe, na moral, eu vou fazer um show em Sorocaba, tô saindo com o carro, tá? Quando eu chegar, eu te acordo pra te avisar como foi, porque eu queria muito que você soubesse do show.

Fui correndo, fiz o show, voltei e fui falar com ela.

Minha mãe é muito religiosa, muito religiosa. Ela anda com um martelo na bolsa de tanto que ela prega! Pelo amor de Jeová, essa mulher ama Deus! Ela ama! Se Jeová tem um livro, a capa é minha mãe em pose de devoção.

Tem gente que passa em frente à igreja e faz o sinal da cruz, já minha mãe cumprimenta que nem no Jiu-jitsu. Se encontrasse Jesus no Tinder, ela dava *Super Like*, juro pra você.

Mas aí, por conta do show, eu tava muito feliz nessa noite e eu queria acordar minha mãe de um jeito diferente, que eu quero ensinar pra você. Todos que têm uma mãe religiosa precisam fazer isso pelo menos uma vez na vida.

Chegue na casa da sua mãe às três da manhã. Agache ao lado da geladeira e quando der 3h:33m que, segundo *Atividade Paranormal* é o horário do demônio, quero que você fale essa palavra aqui, com voz demoníaca:

— **Amanakashamana**.

Deixe 15 segundos em banho-maria e depois repita:

— **Amanakashamana**.

Inicialmente pode parecer uma bobagem, mas fazer o barulho do demônio, sendo tua mãe uma mulher de Deus, é engraçado pra porra! Eu lembro que na primeira vez que eu fiz o **"Amanakashamana"**, o clima da minha casa ficou tão ruim, que até a bíblia da minha mãe fez o sinal da cruz.

E eu:

— **Amanakashamana**.

Nesse momento, aconteceu uma coisa maravilhosa: minha mãe acordou, destrancou a porta e abriu... Sabe quando a pessoa tá com tanto medo do demônio que ela coloca só um olho pra fora? Porque, caso o demônio apareça e chupe esse olho, tem o outro pra correr? Ela colocou só o Sharingan. (Essa piada

é pra poucos).
Eu falei:

– **Amanakashamana**.
E ela na fresta da porta:
– Thiago?
– **Amanakashamana**.
– Thiaaaago, Thiaaaago... eu meto a mão na tua cara!
– **Amanakashamana**.
– Thiaaaago, Thiaaaago...
– **Amanakashamana**.
– Thiago, não brinca com o demônio que ele é traiçoeiro.
Com voz demoníaca, falei:
– **Olá, Dona Nice!**
– Thiago, eu sei que é você, o demônio não sabe meu nome.
– **Eu sou o demônio!**
– E eu sou sua mãe, muleque. Eu que te dei a vida e pra tirar ela é dois palitos!
– **Eu vim levar a sua alma**.
– Thiago, você não lava suas cuecas, Thiago! Quer levar a alma dos outro?

Só que, pra quem tá discutindo com o demônio, minha mãe tá muito confiante e aí eu pensei: "Quer saber? Eu vou assustar essa velha pra caralho agora". Bati o pé no chão em direção a ela. Quando eu fiz isso, ela, pra se proteger do demônio, trancou a porta. Tá de palhaçada, né? Ela trancou. Como se o demônio temesse fechaduras!
E eu acho que o mais da hora é que, quando eu tava correndo em direção ao quarto, ela fez um contrafeitiço que eu achei maravilhoso. Trancou a porta e gritou:
– TÁ AMARRADO!
Mas isso não funciona, né, gente? Vamos concordar? O quê que minha mãe tava esperando? Imagine o demônio correndo na sua direção. Aí tua mãe fala: "TÁ AMARRADO!". Qual é

a chance de olhar e o demônio tá todo amarrado falando: "Aê, quando eu me soltar, você tá fudida!"?

Quando minha mãe falou "tá amarrado", me deu um ataque de riso da porra! Sabe aquele ataque de riso que você prende e o queixinho fica tremendo pra não soltar o riso, mas sempre escapa uma risadinha de lado? Sabe isso? Então, pra não rir, voltei pra trás da geladeira e falei...

— **Amanakashamana**.

Nesse momento acontece uma das coisas mais engraçadas da minha vida. Truta, minha mãe se enche de energia, coragem, determinação e destranca a porta. Ela tá ofegante, porque é a minha mãe, não o Constantine, né, vamos concordar? Ela ofegante, vai dando seus primeiros passos e pra enfrentar o demônio na mão, ela tem um terço... e na outra mão, o cu. É o demônio, né? E quando eu falo "cu na mão" é a expressão, tá, gente? Não é que minha mãe desrosqueou o cu e falou: "Vai demônio!" e arremessou o cu nele.

Eu nunca ia pra cima com alguém que tá com o cu na mão literalmente. Imagine: eu dou um soco, a pessoa esquiva e mete o cu na minha cara! Ela dá um soco no meu peito, tem um cu no meu peito! Duas tetas, um cu! Coloco minha mina pra deitar no meu peito, um cheiro de bunda na cara da menina! E aí, o que mais foi foda, foi que minha mãe levantou a mão com o terço e falou:

— O Senhor é meu pastor e naaada me faltará! Mas se eu for lá e for o Thiago... eu mato ele!

Chegou lá, era eu, na Pose de Quebrada, assim... aí ela olhou e falou:

— Retardado! Isso é hora de fazer o barulho do Mefistófeles? Thiago, imagine só se o capiroto sai do inferno, entra no corpo do cachorro e o cachorro chupa nossos zóio?! Você não sabia que o cachorro e o demônio têm algo em comum, por isso que o nome dos dois é "cão"?

Cheguei pra minha mãe e falei assim:

— Mãe, tá ligada aquele show que eu ia fazer pra 100 pessoas em Sorocaba? Pois bem. Eu quero falar um bagulho. Foram 17. Caralho, Mãe, posso admitir pra você? Eu tenho certeza de que sei fazer comédia, só que as pessoas não vão em show. As pessoas só querem saber de quem tá na televisão e isso é uma merda! Mas claro que eu não vim te dar notícia ruim, Mãe. Eu te acordei porque as 17 pessoas sentaram bem na frente do palco e elas riram demais! Eu vou até contar como é que foi o show: comecei fazendo piadas em que eu me zoou, sabe, Mãe? Zoando a cabeça e o caralho, a porra toda. Riram! Aí depois zoei nossa cidade, Taboão da Serra. Riram! Aí, zoei a senhora. Aplaudiram!

E minha mãe:

– Quê que foi?
– Não se apega a essas coisas não, hein? Mãe, o show foi demais. O show foi tão legal que teve uma menina que pediu pra tirar uma foto comigo. Ela falou assim: "Thiago, você tira uma foto?", "Claro, você vai posar?". Aí ela falou assim: "Não, você não entendeu: você tira uma foto comigo?", "Mas eu apareço?". – Gente, era minha primeira foto, tá ligado? – Ela disse assim: "Claro!", "Moça, você quer tirar uma foto, tipo, eu e você?", "Sim Thiago, eu quero tirar uma foto contigo!", "Pra quê?!" e aí ela falou assim: "Thiago, porque um dia você vai ser bom.", Me motivou pá porra, só que eu falei pra ela: "Moça, eu vou ser bom sim, um dia eu vou até lotar teatro, pode ter certeza. Vamos lá?". – Fiz a primeira foto da minha carreira, relaxado. – Mãe, de Sorocaba até a minha casa, eu fiquei pensando. E decidi: eu quero ser comediante de Stand-Up.

E minha mãe teve a mesma reação sua ao ler isso, riu e falou:

– Você tá com o demônio mesmo, Thiago. Comediante de Stand-Up? Você já quis ser dançarino de axé, meu filho...
– É Mãe, mas eu gosto de Comédia.
– Thiago, você sabia que você é a primeira pessoa da nossa família que tem faculdade?
– Sabia.
– Filho, você fez Administração! Você passou no Bradesco,

você foi promovido, já já se torna gerente jurídico, você vai jogar tudo no lixo?

– Eu não queria que a senhora pensasse assim, mas eu quero ser comediante.

Ela ficou me olhando um tempo e falou:

– Tem certeza?
– Mãe, tenho. Posso te falar? Lembra aquele dia que eu cheguei para a senhora e falei que "dentro do que eu penso sobre gestão financeira pessoal, não cabe ter dívida?". Então, eu falei que eu ia juntar 20 mil reais pra comprar meu carro à vista e eu não juntei os 20 mil e comprei o carro?
– É, juntou, mas demorou demais. Nunca vi uma pessoa demorar tanto pra ter 20 mil!
– A senhora tem 20 mil?
– Thiago, eu meto a mão na tua cara.... Você para de me responder!
– Mãe, olha só, fique calma. Tô ligado que a senhora se preocupa por mim, mas eu sou de Quebrada. E eu não posso achar que as portas vão estar abertas pra mim, porque não vão. Então, eu tenho que me planejar, pra quê? Porque planejando eu já consigo chegar na porta dando voadora! Eu fiz as contas, Mãe. Se eu guardar mais ou menos 35 mil reais, eu tenho dois anos de contas pagas aqui. Se não faltar nada pra vocês, não vai faltar nada pra mim. E se, em dois anos, eu não conseguir ser um bom comediante, pelo menos eu tentei, tá ligado? E, posso te falar, Mãe? Eu nunca segui minha intuição pá porra nenhuma, mas tem alguma coisa me movimentando pra Comédia.

Nesse momento, minha mãe olhou pra mim por três segundos, coçou o rosto e falou uma frase que eu nunca vou esquecer:

– Você tem que ir pra igreja, Thiago.
– Mãe, pra quê que eu vou pra igreja? Você sabe que eu não

sou da igreja. Lembra quando eu era criança, que a mulher falava: "paz de Cristo" e eu respondia com voz de demônio: "**AMÉM**"? Eu fico fazendo piada, Mãe.

Só que minha mãe é uma pessoa tão boa, minha mãe é uma pessoa tão querida, que ela quebrou minhas pernas:
– Filho, você tem que ir pra igreja pra ser abençoado. Não é só porque a vida me tirou as escolhas que eu vou tirá-las de você. Se você quer ser comediante, saiba: eu te amo, eu confio em você e, quer saber, filho? Eu desejo que você ganhe o mundo.
Minha mãe, leitoras e leitores, minha mãe, essa mulher incrível. É tudo por ela. Minha mãe é foda! Quando ela falou isso, eu admito pra vocês, meus amigos, eu abracei minha mãe e me emocionei pra caralho. Quando eu olhei pro lado, eu percebi que a cabeça dela tava do lado da minha, eu bem pertinho dela. E, depois de tantas palavras bonitas, pensei: "Acho que dá pra falar alguma coisa no ouvido da minha mãe". Cheguei no ouvido dela e falei...
– **Amanakashamana**!

NA MINHA INFÂNCIA **MEU VIZINHO** VENDIA BEBIDA **ALCOÓLICA** PRA MIM POR METADE DO PREÇO.

QUANDO MEU PAI DESCOBRIU, NÃO DEU OUTRA. MEU VIZINHO ESTÔRÔ.

MAIS UMA VEZ MINHA MÃE

Ah mano, eu não sei o quanto significa os bagulhos que eu faço, tá ligado? Cara, eu conheci uma senhora que gosta pra caralho de mim e ela falou: "Vai qualquer dia almoçar na minha casa". E eu falei: "Vou" e eu fui mesmo, tanto que eu fui na casa da Dona Cleme almoçar com ela, lá em Joinville. Talvez tenha sido importante, ela berrava, cara! Eu não posso ficar tratando isso como normal não, isso é diferente demais. Acho engraçado.

Eu fui na casa dela, por causa da minha mãe, que é assim com todo mundo, mano. A minha mãe é a pessoa que trata de igual e já me fez passar muita vergonha, entende? Meu irmão, se você fizer qualquer coisa de errado, ela vai te falar uma rajada, você pode ser o Papa. É igual.

Pode parecer uma falsa humildade, mas é que eu não acho que eu sou essa porra toda aí que falam, tá ligado? E eu e o Felipinho, a gente ia pra casa das pessoas quando chamavam, como qualquer outra pessoa e sempre foi assim. Aí, quando eu faço uma coisa que pra mim sempre foi normal e agora parece mais especial do que sempre foi, eu não sei como agir.

Caralho, a mulher ficou doida, meu irmão. Doideira do cacete. Ela até brigava com os filhos dela que falavam quando eu estava conversando: "Você não tá vendo que o menino tá falando, não?". HAHAHAHAHA. Fiquei amigo dela. Salve, Dona Clê!

EU AMO, AMO, AMO...

Oi gente, eu sou a Clementina e aqui em Joinville todo mundo me conhece por Dona Cleme.

Eu amo o Thiago Ventura, amo, amo, amo... agora mesmo, eu estava trabalhando e a minha filha liga no meu serviço: "Mãe, o Thiago te ligou!", "O quê?", eu me larguei correndo pro escritório e falei pro dono da empresa: "Põe a mão no meu coração! O Thiago Ventura me ligou, tô indo embora agora!".

Puxa eu estou estupenda de felicidade!

Eu tenho 65 anos, eu nunca vi uma pessoa tão famosa, tão simples e humilde como o Thiago Ventura, ele é único, ele não existe, tá!?

No dia que eu conheci o Thiago, minha filha perguntou: "Mãe, tá vindo aqui um humorista, vamos lá assistir?", eu falei: "Ah, vamo embora!". Chegamos lá no Teatro CNEC, eu com meus dois filhos mais novos. Ele fez o show, quando terminou a apresentação, ele sentou no banquinho e começou a contar a vida dele.

A vida da família dele, a convivência com o pai, as dificuldades. Eu dei risada, chorei e me emocionei. Depois as meninas: "Vamo lá na porta do hotel tentar fazer foto?", falei: "Vamo lá." Meu filho não foi. Tava chovendo, um frio, as meninas tiraram o casaco delas e colocaram em minhas costas. Quando ele chegou com aquela humildade, não, não, não... esse aí não é aquela pessoa famosa que eu assisti lá dentro! Quando ele foi me abraçar eu disse: "Thiago, me fala uma coisa, qual a porcentagem da veracidade daquela história que tu contou?", ele falou: "100%!".

Aí eu chorei, me emocionei de verdade, porque eu não passei aquelas dificuldades todas, eu não sofri como ele. E ali me apaixonei por ele pro resto da vida e disse que meu filho não ia acreditar que ele estava aqui com a gente. O Thiago pegou o telefone e falou com o meu filho, disse pra ele que ia tomar um café na minha casa. Eu falei: "Thiago, tu não vai." Ele falou: "Eu vou.", "Tu não vai", "Eu vô!"...

Foi no dia primeiro de novembro de 2018, eu avisei na empresa: "Eu vou faltar porque o Thiago vai na minha casa", o dono me falou: "Pode faltar, eu não vou descontar." Quando eu saí ele falou pras funcionárias: "Meu Deus do céu, a Dona Cleme tá acreditando que o Thiago Ventura vai na casa dela, ela vai se decepcionar muito!".

 Eu fiz um almoço, descobri tudo que ele gosta, fiz lasanha, a macarronada, almôndegas... As vizinhas falavam que queriam ver ele e iam ficar no portão, eu briguei com todo mundo: "Ninguém vai ficar no portão coisa nenhuma, se o Thiago chegar aqui e tiver uma multidão esperando, vocês vão se ver comigo".

 Quando o carro chegou no portão, eu me desmanchei. Eu olhava pra ele, e não acreditava, abraçava ele... na minha humilde casinha... ele é único! E ele falava: "Porra, achava que eu não vinha?".

 Ele foi almoçar comigo! Comeu como se estivesse na casa dele, podia estar na casa da Xuxa, mas estava na casa de uma senhora que mora sozinha numa cidadezinha de Santa Catarina, igual se ele estivesse na casa da Xuxa. Depois do almoço ele ligou pra Xuxa, passou o telefone pra mim e disse: "Fala com a Xuxa!", eu falei: "Xuxa, você é fã do Thiago? Será que ele foi na sua casa almoçar? Porque na minha, ele veio!". Eu achei isso o final dos tempos.

 Agora foi demais, justo no aniversário do meu filho Valter, a casa dele tava com os diretorzão da empresa e eles vieram perguntar se estava tudo bem, eu dei uma rebolada e respondi: "Dá licença que vocês têm que pensar duas vezes pra falar comigo hoje, porque o Thiago Ventura ligou pra mim". Hahahaha...

 Quando o Thiago me disse que eu ia participar do livro, eu desandei a chorar. Eu não sei se eu tô em mim, eu não sei se eu sou eu, eu estou fora de mim...

 Meu coração parece que tá saindo pela boca. Ele tem um poder de mexer no coração e faz a gente chorar rindo! Ele leva no humor, e é real, e é triste a história, e a gente ri. Você acha que isso é pra qualquer um? Não. Isso é pra Thiago Ventura.

 Eu tenho três filhos: o Assis, o Valter e a Dienifer, e agora o Thiago Ventura também. Do Thiago eu só quero uma coisa: "Continue sendo o Thiago, continue sendo esse humorista genial e essa pessoa incrível, que valoriza outra pessoa que mora numa pequenina cidade". Não posso querer nada a mais do que isso.

DONA CLÉ
(in memoriam)

Hoje em dia tudo está no celular.

Fui me consultar, mostrei meu pau no celular e o doutor falou:
-"Eu sou Dentista"!

CAP. 3
JAPÃO À WAP

♪♫ TWEET! TWEET! TWEET!

ただ感謝します

SEU PRIMEIRO CACHÊ

Em meados de 2010, fui convidado para participar de um show de uns garotos que eu não conhecia. Era na Zona Leste de São Paulo e teria que sair correndo do programa que eu fazia na Rádio Transamérica para conseguir chegar a tempo. Algo me fez topar e encarei a distância e a correria. Chovia muito, dificultando ainda mais a missão.

Chegando lá, me deparei com seis ou sete garotos iniciantes e descobri que eu, como convidado, seria o último a me apresentar. O bar estava quase vazio, parecia realmente uma furada. Nem imaginava o que o destino iria me reservar, dois deles me chamaram a atenção: Igor Guimarães e Thiago Ventura.

Convidei o Ventura para fazer uma pequena participação no show que eu tinha no lendário Bar Brahma, na famosa esquina da Ipiranga com a São João, eternizada no clássico de Caetano Veloso. Me lembro como se fosse hoje: Thiago Ventura chegou bem tímido, mas já com muita personalidade, lembro que apresentou o texto que fala da balada e foi muito bem. Eu assistindo, fiquei muito feliz. Ali estava um talento a ser lapidado. Ele era diferente, falava uma linguagem simples num estilo de Comédia que era rotulado como elitista. Paguei um cachê de participação de 100 reais que, apesar de pouco, para ele tinha um outro valor.

Tempos depois descobri que esse foi o seu primeiro cachê. Eu não fazia ideia que aquela noite representaria muito não só pra ele, mas para toda a Comédia nacional. Ali nascia não só um humorista Thiago Ventura, mas sim um novo movimento do Stand-Up.

Em 2012, eu estava presente quando ele participou do seu primeiro festival, no Risológico em Curitiba, e comigo ele fez seus primeiros shows fora do país, no Japão. Sentamos lado a lado nessa longa viagem. Depois à distância, vi tudo acontecer. A correria não permite que o nosso contato seja tão intenso como gostaria, mas o orgulho e a lembrança vivem em mim, pois ele ainda é aquele menino que conheci, que vive o seu sonho e nos faz sonhar junto com ele.

Voa moleque e obrigado por fazer parte da sua história e ainda mais pela sua amizade.

RENATO TORTORELLI
@otortorelli

CAP. 3

JAPÃO À WAP

Quando minha mãe falou que eu podia ganhar o mundo, eu nunca acreditei nesse bagulho. Até que, do nada, eu começo a fazer bons espetáculos, as pessoas começam a me convidar mais para shows. O comediante Luiz França, que sempre me ajudou pra caralho, inclusive não só a mim, como muitos e muitos outros comediantes, sejam eles iniciantes ou não, olha pra mim e fala assim:

– Ventura, quero que você vá para o outro lado do planeta fazer show comigo.
– Onde?
Ele respondeu:
– Em Osasco.
Ele chegou pra mim e falou:
– Thiago, eu quero que você faça show com a gente no Japão.
– O QUÊ? No Japão?!

E, nesse momento, minha ficha caiu do quão longe a Comédia poderia me levar.

A partir de agora, eu quero que vocês, principalmente se você for de Quebrada, se coloque na porra do meu lugar. Eu sou do Taboão da Serra, e do nada, no Japão? No Japão! Imaginem isso! Eu entrei no avião pensando: "Eu vou pegar todo *Pokémon* que aparecer!". Insônia: Jigglypuff! Carro tá sujo: Squirtle! Preciso de um baseado: Bulbasaur e Charmander! É a erva e o fogo, pensa: baseado automático! Essa piada é pra um nicho muito específico de pessoas que são fãs de *Pokémon* e também maconheiro pra caralho!

Pra que você entenda o contexto, o Japão é tão limpo quanto Curitiba. Curitiba realmente tá de parabéns, é limpo pra caralho, ô cidade limpa da desgraça! Passei minha mão no asfalto, sujei o asfalto! Só que o Japão é muito limpo e muito organizado, como é que eu posso explicar para vocês? Tipo assim: o mosquito da Dengue de lá, já tomou vacina contra a Febre Amarela, dá pra entender? Muito organizado, muito limpo, teve um dia que eu vi uma japa passando pano por cima de outro pano. Como eu nunca tinha ido pra lá, fui focado e comi pra caralho. Eu nunca tinha comido comida japonesa, quando a gente come comida japonesa a boca fica cheiona, parece que tô mastigando uma caixa de Big Big. Aí, comi pra caralho, mas comi um bloco de comida, assim... Sabe quando... sabe quando você come e não vai nem pro estômago, indo logo direto no portal do cu? Sabe essa? Que você tá todo fodido, você comeu, anda na rua e fala: "Misericórdia! Gente, que é isso? Caralho, eu vou cagar um Opala!".

Aí, viado, eu entrei no banheiro e aí eu não percebi que o banheiro não tinha nem papel, nem pia, nem chuveiro. Só tinha uma parede de madeira na frente, uma decoração japonesa e eu caguei fortão! Caiu um bloco! Era do tamanho de uma bengala. Nossa senhora, eu caguei um jogador de basquete, tanto que quando eu olhei na privada e tava escrito: "LeBron James"! E aí, como não tinha nada pra eu me limpar e eu já estava com o cu sujo, não podia deixar o bagulho assar no Japão. Como é que eu vou pedir Hipoglós?

Sentei na privada e olhei pro lado, no desespero. Encontrei uns botõezinhos. Você acredita que o Japão é tão limpo que a privada limpa o cu dos outros? Muleque, eu fui deduzindo pelos botões para ver qual que eu apertava, né? O primeiro era um jato fino, assim, ó: "Xiiihhh..." E, na ponta, engrossava, fazia: "XiihXOOOO!". Eu falei: "Isso aqui não é pra cu humano não, hein? Isso aqui é pra ser humano evoluído mesmo, que aguenta o tranco! O Péricles segura".

Eu queria passar uma aguinha no bagulho, não queria bater uma WAP! Foi muito forte. Aquilo ali pra descolar a parede do cu da pessoa, é dois palito! Aí fui pro próximo botão, eram três gotinhas e falei: "Três gotas não limpam, que eu conheço o pai!". Fui pro próximo botão, era um pincel e pensei: "Nem por um caralho... Vai que eu aperto o pincel e sai um braço de um japonês pintando no cu? Fui cagar e dei meu cu na mão do Da Vinci? Tiro a *selfie* do bagulho, tá a Monalisa...".

E o próximo botão era de uns passarinhos. Até perguntei depois:

— Escuta, por que que tem passarinho na privada?
— É que se você estiver com peidorreira, você aperta e da privada sai um barulho assim ó... "*tweet, tweet, tweet...*".
— Pra que, meu anjo?
— Hahaha, pras pessoas que estão no mesmo banheiro não perceberem que você tá peidando!
— Irmão, eu não sei muito da vida não. Mas a partir do momento em que você apertou o passarinho, seu cu tá fazendo *beatbox*! Vocês colocaram passarinho com fedor de merda! Agora eu entendo o nome joão-de-barro!

Aí, tá: Quer saber? Eu vou apertar a WAP, que é um tiro só, você fica relaxado, né? Numa dessa dá uma descolorida no bagulho, né, viado?

Mandei uma mensagem da minha cabeça pro meu corpo, dizendo: "Atenção, Departamento Anal: receberemos um jato para higiene pessoal. Pedimos encarecidamente para que não ative o arrepio no corpo do guerreiro", porque o meu cu é muito virgem... se eu tirar a cueca aqui agora, você verá que tá no plástico da Samsung!

E aí eu apertei o botão: "Pei!". Eu vou falar um negócio aqui pra você... A privada do Japão tem uma mira da porra. Foi um jato no olho do dragão que se eu tivesse com conjuntivite, tinha sarado na hora! Invadiu meu organismo. A galera que trampa no meu corpo falou: "Gente, estourou a barragem!", eu escutei a privada gritando "*headshot!*". Porra, eu só queria limpar a bordinha...

Mas o Japão é tão limpo que achou necessário lavar a minha alma! Meu amigo, eu tava com uma dor de garganta que sarou, você não acredita! Aí, tá, né? Pra limpar bem, eu dei umas duas, oito apertadas... afinal é água, não é porra, vamos concordar. Saí do banheiro e fui encontrar com o Morita, que mora lá há 20 anos, falei:

— Morita, você que é brasileiro e mora aqui há um tempão, aproveita que só tá nóiz dois aqui, amor, deixa eu te perguntar um negocinho... Éhhh.... hahahha... uuuh...: Você já se acostumou com o bidê, já?

Sabe quando você faz uma pergunta esperando que a resposta seja:

— Porra, já sim, Thiagão, quentinho, né?

Mas não veio isso não rapaz, você acredita? Ele olhou pra mim:

— Você usou?

Eu sem saber o que responder, esquivei:

— Por quê?

— É porque tem a parede de madeira, só batê, virar e tem o papel.

— Porra, ainda bem que eu achei!

A LÍNGUA DA PERIFA

Quando penso em humor, tenho medo de superficialidade e vulgaridade, mas sei que quando se trata do Thiago Ventura, esse receio desaparece.

E aí vem também a surpresa que a malandragem, o *swing* da Perifa, a fala tão identificável com gírias, uma linguagem própria e forte que são não apenas marcantes, mas poéticas e comovedoras. Isso aconteceu comigo a primeira vez que vi esse monstro em cena no Teatro Frei Caneca. O público era levado ao delírio simplesmente pela denominação exata das situações sofridas pelas pessoas até chegarem ao momento catártico.

O humor é simples, mas não é nada fácil. Falo como humorista, o humor tem seus mestres e o Thiagão Parça Ventura é um dos maiores deles. Eu acho.

Obrigado pela coragem. Obrigado por amar a gente. Que Deus te ilumine sempre! *Só Agradece.*

ARY FRANCA
@aryfran7

QUEBRADA COMEDY CLUB

Eu queria que a Comédia Stand-Up chegasse na Quebrada, que nem eu consigo chegar na casa das pessoas. Chegasse lá de verdade, tá ligado? Estrutura. Chegar um *Comedy Club* foda no meio do Taboão da Serra.

Eu tenho um projeto já, o nome é **Quebrada Comedy Club**, tá ligado? É um lugar onde eu consiga, do zero, fazer as pessoas olhar e falar assim: "Óh, tem a possibilidade de aprender a fazer Comédia, porque na nossa área tem um *Comedy Club*, que o comediante vai lá e ganha 200 reais por show, se ele for bom, faz 10 apresentações no mês!"

É isso. Fazer a Comédia chegar na Quebrada, porque as piadas, o Stand-Up, chegaram, mas a Comédia como profissão, não. São pouquíssimos os comediantes da Quebrada, ainda. Mas a gente vai mudar isso. O vício pelo Stand-Up não se ensina em escola, você assiste e consome tudo sobre Comédia até o momento que faça falta pra você. Aí você começa a estudar e vai embora, se for ligeiro, segue estudando sempre. Aliás, siga sempre consumindo, criando, executando e repetindo. O meio profissional é tipo que um *looping* disso na real.

Esses dias, na rua, eu estava empurrando um cadeirante.

. . .

Depois de uns 40 minutos, ele falou

"Mano, me põe na cadeira..."

SUPER PODER

Ok, não era a primeira vez que eu ia a um espetáculo de Comédia. Thiago também não foi o primeiro comediante que eu vi, eu já admirava alguns, mas quando eu vi aquele Stand-Up sobre soltar pipa na Quebrada, eu dei um tapa na mesa enquanto ria de chorar e gritava junto com meus irmãos lá na firma: "É isso, caraio!". A gente vive num mundo muito louco, muita novidade a todo tempo, olha pra 2020: começou com uma ameaça de terceira guerra mundial, rolou um *pause* no planeta inteiro e agora Atibaia tá fudida pra voltar a ser conhecida como a Terra do Morango.

Tá só na metade.

Brincadeiras à parte, nem sempre a realidade nos permite rir dela. As ruas do planeta infelizmente estão em chamas, tentando gritar que o racismo não cabe no século 21. Como ele já não cabia nos últimos 4 séculos, então é urgente que sejamos melhores e façamos mais do que tudo o que já foi feito!

Meu mano Thiago Ventura, que honra poder chamá-lo de amigo. É um cara que me inspira demais e ele nem sabe o quanto. Ele diz que se inspira em mim, mas não faz ideia do grau em que isso é recíproco.

No meio de mil infernos que atravessamos, é necessário um superpoder pra fazer brotar um sorriso no coração gelado de quem sofre tanto e ele tem esse superpoder.

Big Big, você é um super-herói e nóiz é sortudo pra caraio.

Obrigado por quebrar o gelo com o calor da sua alma e não deixar nosso sorriso morrer!

Amo você, malokaaa!

Do seu camarada,

EMICIDA
@emicida

Eu não queria ser amigo do professor Charles Xavier do X-Men.

Imagina falar pra ele:

"Professor, preciso te contar um segredo"

A resposta: "Não precisa".

SÓ VAMO

Conheci o Thiago em 2013 em um show de Stand-Up no interior do Paraná. Eu já tinha ouvido falar dele porque naquela época o meio da Comédia era bem menor, mas era a primeira vez que estaríamos no palco juntos. Quando vi o Thiago em cena, me chamou muito a atenção o corpo: na época bem magrelo com um cabeção! Brincadeira, o que me chamou a atenção foi a expressão corporal, as piadas com gestos.

Naquela época o pessoal do Stand-Up era bem raiz, da religião do texto clássico de *setup* e *punch*. E eu, como vim do Teatro, parecia um polvo no palco, falando mais com as mãos do que com a boca. Eu me mexia mais do que uma moeda dentro da máquina de lavar. Quando vi o Thiago no palco pensei: dá pra usar o corpo, sim, pra fazer piada! (E pra fazer outras coisas também, que eu sou biscate, não sou palhaça).

Então, nesse dia a gente já se identificou, conversamos muito e eu saí desse show pensando: que bom que eu achei alguém que enxerga a Comédia como eu vejo!

Depois disso, eu voltei pra Curitiba, ele pra São Paulo e demorou séculos pra gente se reencontrar. É muito doido como a gente realmente não imagina o rumo que as coisas vão tomar. Seguimos no Stand-Up, mas aí eu entrei pra TV e me afastei um pouco: fama? Dinheiro? Camarim com toalhas brancas e *nudes* de homens lindíssimos? Não, cansaço mesmo.

Por um bom tempo eu segui no palco fazendo Stand-Up, mas sem criar Stand-Up. Eu só repetia o mesmo texto, ele funcionava, as pessoas riam, eu achava que era isso. Mas não era. Nessa época, o Thiago explodiu no Facebook e mudou toda a cena da Comédia. Logo depois os 4 Amigos explodiram também e se deu início ao modelo de negócio que vivemos hoje: vídeos frequentes de Stand-Up, inédito no YouTube.

Para mim, esse modelo era assustador na época. Eu estava fazendo a mesma uma hora de texto há 3 anos, não me imaginava escrevendo piadas novas toda semana. Cheguei a achar que eu não era capaz, que eu não era engraçada, que eu nunca conseguiria. Eu pensava tudo isso com um pote de sorvete na mão, escutando músicas tristes enquanto eu chorava e fazia clipes dramáticos na minha cabeça. Mas as grandes mudanças vêm com coragem, terapia e 3 tequilas. Não necessariamente nessa ordem.

"Mas Bruna, por que você está falando sobre você, sendo que esse livro é sobre o Thiago?". "Porque eu sou egocêntrica! Hahahah brincadeira (eu sou mesmo)". Eu contei tudo isso pra vocês entenderem a importância do Thiago na Comédia e na minha vida. Quando os 4 Amigos estouraram, eles provaram pra todos nós que dava sim pra fazer conteúdo novo com frequência, que dava sim pra lotar teatro com Comédia e que dava sim pra fazer a diferença com o Stand-Up.

Hoje vivemos uma Comédia bem diferente do que vivíamos há dez anos e tem muito dele nessa mudança. Eu vejo hoje o meio da Comédia muito mais acolhedor do que competitivo, muito mais "vamo" do que "tem certeza?". Na verdade, não posso falar de toda a Comédia, mas os meus amigos são assim: uma rede de apoio, uma família. Tanto que nesse ano eu e o Thiago fomos indicados a um prêmio de humor com outros nomes imensos da Comédia e ver a torcida dele por mim me fez ter certeza de que essa amizade é real e especial, como eu achei que era. Ganhar o prêmio foi uma alegria, mas chegar na casa dos meus amigos com o prêmio na mão e ver a felicidade genuína deles, foi inexplicável.

Nós aprendemos a comemorar cada conquista um do outro, até as pequenas, com muita gritaria, festa e 3 tequilas (opa, acho que o negócio da tequila é meio recorrente).

Eu às vezes me pego impressionada com o fato de estar sentada conversando com o maior nome da Comédia nacional e pior: ele estar me pedindo conselhos, ele estar ouvindo tudo com atenção, ele considerar tanto a minha opinião. Porque, antes de tudo, eu sou fã. Mas também sou amiga, e chata, e exigente, e ai dele se não ouvir meus conselhos, que ele não é nem doido.

A gente é bem assim: a gente briga, mas estamos sempre juntos, cuidando um do outro, nos preocupamos um com o outro. Muita gente na internet "shippa": "vocês deveriam namorar". A gente não vai namorar, a gente se ama demais pra isso.

(Toma essa declaração de amor na sua cara aí, abobado).

BRUNA LOUISE
@abrunalouise

Aplicativos ajudam muito as pessoas. Eu, por exemplo, encontrei minha primeira namorada no Tinder.

E foi por isso que a gente terminou.

CAP. 4
MIAMI

MINHA VIZINHA
É MANCA DA PERNA
E SE CHAMA "ESTRELA".

TODA VEZ QUE ELA CAI,
EU FAÇO UM PEDIDO.

CAP. 4

MIAMI

Meu amigo, na moral. Você já deve ter assistido a um programa chamado *A Culpa é do Cabral*. Inclusive, quero deixar meu "só agradece" pra toda equipe e pros meus amigos de palco: Nando Viana, Fabiano Cambota, Rodrigo Marques e Rafael Portugal. Sou fã de todos vocês. De verdade.

Graças a esse programa, aconteceu um bagulho muito doido. O produtor do *A culpa é do Cabral*, lá do Comedy Central, chegou pra mim e falou assim:

– Thiagão, eita porra, deixa eu te falar. Cara, eu não tenho muito tempo pra te explicar, mas você vai ter que ir pra Miami gravar um comercial pra gente, pro Comedy Central.
Eu perguntei:
– O quê que você falou, irmão?
– Comedy Central.
– Antes.
– Comercial?
– Brincalhão, você. No começo, o que você falou mesmo?
– Você vai ter que ir pra Miami.
Eu rindo de nervoso e sem acreditar, falei:
– Mas quando você diz Miami, é Miami, Miami, ou alguma coisa perto de Diadema?
– Não, Miami, Miami.
– Nossa Senhora, só deixa eu pegar meu cu que caiu no chão, minutinho.

Já tinha ido pro Japão e agora entrei no avião direto pra Miami. Fui pra classe econômica que é o meu lugar, né? Aí, até que eu escuto um assovio me chamando. Era o meu empresário, voltei pra falar com ele. Como tava indo pra Miami, aproveitei pra falar inglês, né?

— *Save*!
Cada um manja do seu jeito. Salve: *save*... É nada: *és nothing*... Muleque piranha: *fish boy*...
Cheguei e perguntei pra ele:
— *What's the* fita?
— Aê Thiagão, a gente não é classe econômica não, a gente é classe executiva.
Olhei pra ele e falei:
— *És nothing!*

Sabe por que eu acho du caralho falar que eu tava na classe executiva? É que a partir do momento em que eu sou Quebrada, eu posso olhar pra todo mundo e falar: "Se eu sou Quebrada e tava na classe executiva, é porque dá pra se planejar, você consegue chegar também". E, ao mesmo tempo, eu consigo ver na cara do maluco que tá do teu lado e que tem dinheiro assim, ó: "Meu Deus... Rita? Esse selvagem tem passaporte. Daqui a pouco eles vão estar no Uber também!". A gente já tá no Uber! Só que a gente tá dirigindo, por enquanto.
Ôh, vou falar um bagulho pra você: quando eu tô na classe executiva, muleque, tudo que me oferecem, eu quero. Tudo! Tudo! Se me oferecem bosta eu pergunto se tem com mijo.
Bancos de couro no avião? Só tinha visto isso em Opala. A mulher chegou pra mim, mó boazinha, com a maior postura e falou:

— *Ice cream watermelon?*
— Uhum... *Me vê two!*

Teve uma hora que eu tava dormindo de valete, sabe quando a gente tá dormindo de valete? Quem já foi preso, tá ligado. Talvez o Lula entenda. Tava dormindo de ladinho, aí a mulher viu que eu tava com frio. Você acredita que ela colocou uma cobertinha em mim? Ela me cobriu que nem minha mãe! Quando eu tava dormindo, a coberta me acordou e eu falei:

– **Amanakashamana**!
Aí, firmão, né? Chegamos na hora do comercial, o cara falou:
– *Action!*
Gravamos, saímos. No que meu empresário tá saindo, eu falei assim:
– Aí, meu empresário, na humildade memo, na humildade memo, na humildade memo... Primeiramente, vamos agradecer a Deus que a gente tá trocando essa ideia aqui. Ôh, será que não tem condições da gente alugar um carro pra ir sentido Miami Beach? Só pra gente escutar aquela música "*I´m in Miami...*".
Aí, ele olha pra mim e fala uma frase que vocês não vão acreditar:
– Que carro que você quer?
– Qualquer um?
– Q-u-a-l-q-u-e-r um!
Eu já enchi o peitão e falei:
– Um Corsa, um Celta ou um Uno! E se for Uno, eu quero RO-XÃO pras minas olhar e falar: "*Oh my God, is purple!*" e outra coisa, eu quero um carro que tenha som bom. Ôh na moral, vou dar um toque pra você: tem que ter um som bom no carro. O grave tem que funcionar, porque, se colocam o MC WM, o certo é sair: "*Quando o grave faz BOOM... Ela desce!*", mas não sai assim quando o som do carro tá ruim: "*Quando o grave faz... brbrbrbr...*". Porra, puta de um som ruim: "*Vai malandra... brrrrrrr...*".
Aí, eu olhei pra ele e falei assim:
– Porra, então vamos alugar o carro...
– Aí, Thiagão, com o dinheiro que o Comedy Central disponibilizou, a gente consegue alugar um Mustang conversível.
– És *nothing*!".
Ele saiu, pegou a chave e eu falei:
– Aonde é que você vai, meu anjo?
– Vou dirigir.
– Hahaha... Vai não. Quem vai dirigir sou eu.
– Você não vai.

– Eu vou!
– Você não vai, que você não tem carta.
– Não estamos no Brasil!
– Thiago, se você for pego, vai preso os dois!
– É cada um com os seus problemas também, né?
– Thiago, você não vai dirigir, você tá com maior cheirão de maconha...
– Cheiro é cheiro, não é flagrante!
– Você não vai dirigir!
– Mano, solta a chave.
– Você não vai dirigir.
– Eu sou do Taboão...
– Você não vai dirigir.
– Mano, do nada, já sumiu alguém na tua família?
– VOCÊ NÃO VAI DIRIGIR!
– Gritou comigo?

Aí, como eu sou Pokas, eu sou postura, né? Cheguei pra ele e falei assim:
– Aí seu pau no cu do caralho, se eu tô falando na sua cara que eu vou dirigir essa porra, é porque você não é homem o suficiente pra fazer eu não dirigir. E outra coisa: vagabundo que nem você, eu como com farinha desde os treze anos. Posso te falar um bagulho? Solta a porra da chave antes que eu meta logo um bicudo no teu cu!
E não dirigi! Não deu.
Então a gente sentou: eu no passageiro, e ele no volante. Falei assim:
– Você não vai deixar eu dirigir, então tá bom. Eu que vou abrir o teto do bagulho pra eu falar pros muleques da minha rua que eu abri o teto desse bagulho.
Deu dois minutos. Tava tudo em inglês e eu falei:
– Óh, não tô conseguindo abrir o teto do bagulho.
Aí eu pedi ajuda, ficou eu e ele tentando abrir o teto, dando ré, num Mustang, em Miami, sem olhar pra trás. "BUM!" Batêmu o carro.

Nóiz batemos o Mustang no estacionamento de alugar o Mustang! Não deu nem tempo de reagir, viado! O Mustang não é um carro que se bate. Se fosse um *Transformers*, virava o Rodrigo Hilbert, entende? A gente ligou o carro, não fez nem "vrum", fez "*maravilhoso, maravilhoso… Topen, topen, topen, topen, topen*".

E aí o carro bateu e fez assim, ó: "PÁH!". Eu tava em Miami, viado. Eu baixei e falei: "Que seja bala perdida pelo amor de Jesus Cristo! Fura minhas duas pernas, mas não bate esse carro, que a gente veio de executiva por engano, eu tenho certeza!". E aí, quando bateu o carro, ele olhou com carinha de gol contra, sabe quando acontece uma coisa ruim? O bagulho fez "páh".

Ele olhou pra mim e falou:

– Bateu...
– Ora, ora, temos um Sherlock Holmes aqui hoje! Porra se você não fala, eu não percebo. Já que você é tão inteligente, aproveita que tá em Miami e deixa um currículo no *CSI*!

E aí a gente sem saber o que fazer e o maluco que alugou o carro pra nóiz, ficou furioso! Imagina, ele acabou de alugar o carro e a gente bate no estacionamento! O maluco abriu a portinha da cabine e falou:
– *Holy shit!*
Eu olhei pro meu empresário e falei:
– O maluco é baiano, hein? Acabou de falar "oxente" em inglês, esse cara é da Bahia de Miami, deixa que eu falo com ele!
O maluco chegou pra mim e falou:
– *Guys*!
– Senhor, eu não sei se é álcool, gás ou gasolina. O senhor só tem que saber que eu não sei nem dirigir, senhor. Como é que eu vou dirigir, tô com o maior cheirão de maconha, senhor! Eu queria um Uno roxão! Só que vagabundo e viciado, quer Mustang!
– *Are you okay*?
– Diz *you*? Se *okay for* tú, *okay for* nóiz numa dessa.
Aí ele em inglês:

— Fiquem calmos. A partir do momento em que vocês locaram um carro, vocês estão assegurados. A minha preocupação nunca foi com o veículo e sim com a estadia de vocês. Se vocês estiverem bem, por favor, me avisem. Eu quero liberá-los.

Fiquei olhando pra ele por 5 segundos, cocei meu rosto e falei bem baixinho com meu empresário assim, ó:

— Não confia! Conheço vagabundo pelo cheiro.

Sabe por quê? Eu assisti aquele filme *O Atirador*. Eu já assisti essa porra. Enquanto o vagabundo tá distraindo a gente, tem um cara com rifle lá na casa do caralho, e o carro sem o teto, convenhamos, vai ser um tiro em cada cabeça. E, na moral? Eu sou um alvo fácil.

IMPENSÁVEL

Thiago Ventura é brabo. Saiu do banco pra trabalhar com Comédia, sabia exatamente o que queria e tinha um plano muito bem estruturado na cabeça.

Imagina quantos planos não cabem nessa cabeça? Aliou o talento natural pro humor com um estudo obsessivo sobre o Stand-Up e trabalhou duro diariamente. A construção de novos textos, numa quantidade nunca antes vista, revolucionou a forma de produzir Stand-Up no país.

Se hoje existe um movimento de comediantes postando trechos de shows quase semanalmente, isso só existe porque o Ventura provou que era possível. Algo que quando eu comecei era impensável, hoje é um novo padrão a ser seguido.

Murilo Couto
@murilocouto

Adoro quando as pessoas ficam nervosas na hora de falar comigo.

Teve um cara que um dia falou: "Thiago Ventura? Que demais! Adoro o programa A Culpa é dos Amigos"

AMOR À PRIMEIRA VISTA

Eu acredito em amor à primeira vista.

A primeira vez que eu vi *Stand-Up Comedy*, me apaixonei. Assim, de cara. Nunca tinha sentido aquilo por nada. E assim foi, durante 2 anos, como uma paixão platônica. Eu via de longe, admirava e não tinha coragem de chegar, como aquela menina mais bonita do colégio que parecia impossível pra você. Mas sabe o que o dizem sobre a menina mais bonita? Geralmente é a que ninguém chega. E um dia eu tomei coragem e cheguei. E ela me aceitou. Aliás, ela - a Comédia - ama os fracos, oprimidos, feios, perdedores, tá aí o Thiago Ventura que está num relacionamento sério com ela já há dez anos, que não me deixa mentir.

Mas, diferente da paixão platônica, que quando correspondida acaba, com a Comédia foi o contrário. Quando subi num palco pra fazer Stand-Up pela primeira vez, foi como se desse um estalo: "Meu Deus, era isso o tempo todo!". Antes da Comédia, nada do que eu fazia, eu me encaixava e olha que eu trabalhei em muita coisa, mas nada fazia sentido. Eu só tava indo.

Todo mundo via na minha cara e nas minhas atitudes que eu não queria estar ali. Então, quando fiz Stand-Up, pensei: "É isso", mas junto com esse sentimento veio a preocupação: "Como eu posso fazer e o que eu tenho que fazer, pra isso não acabar?". Como o feio com a bonita que não quer perdê-la, eu pensava: "Eu preciso me dedicar mais e mais e mostrar que eu ligo pra ela. Que eu a amo e que minha vida não é nada sem ela".

E assim tem sido. Nos últimos dez anos, dia após dia, *setup* após *setup*, *punch* após *punch*, riso após riso, água após água, show após show. E eu espero que seja assim, pros próximos dez anos e pro resto da vida. Pra que quando eu chegar na minha velhice, as pessoas olhem com cara de: "ele conseguiu manter a garota bonita com ele a vida toda!".

AFONSO PADILHA
@oafonsopadilha

BRINCA, THIAGO

Quando conheci o Thiago, ele tinha acabado de voltar de Buenos Aires. Trouxe um monte de camisas da Lacoste compradas no *outlet*. Thiago era esse cara, de Taboão e do Crocodilo. E, nessa época, ele valorizava mais ir a uma padaria do que a um bar, balada ou restaurante. O sábado perfeito para ele era ir à padaria levando seu Crocodilo no peito para passear.

Ele já fazia Stand-Up, mas era bem mediano, imitava um pouco o jeito exagerado do Dane Cook, comediante preferido do Justin Bieber quando ele usava franjão, não o Justin Bieber que você respeita com tatuagens e problemas com drogas.

Thiago foi melhorando aos poucos, com muita dedicação e esforço, aprendendo a ficar mais à vontade no palco, encontrando o seu jeito próprio de fazer piada. Alguns anos depois, vendo um vídeo dele na internet, me arrepiei. "Será?", assisti de novo, assisti uma terceira vez...

Imediatamente mandei uma mensagem para ele: "Thi, obrigada por ter se encontrado e dividido isso com a gente". Fui assistir ao solo dele. Pai amado! Thiago ultrapassou o inteligível, dominou essa forma de arte, conseguiu manipular as formas, a linguagem. Hoje ele brinca... Provoca naturalmente a emoção que quiser da plateia, consegue ter uma visão do todo, explora muito bem o palco, se conecta e sente empatia por seu público.

O Crocodilo não existe mais, foi destruído e transformado em diamante, marca da Vents, #publipago. A plateia? Completamente rendida. O palco é dele e tenho sorte de poder desfrutar disso. Só peço: brinca, Thiago, brinca!

AMANDA BRANDÃO
@amandadebrandao

CAP. 5

Aos 14 anos, eu perguntei pra minha avó o que ela acha de homem com homem? E ela respondeu que homem com homem dá lobisomem. Eu pensei: "Preciso avisar um amigo meu antes da lua cheia".

CAP. 5

SAN ANDRÉS

O primeiro rolê que eu fiz na minha vida, com dinheiro de Stand-Up pra fora do Brasil, foi quando eu consegui juntar um dinheirinho pra pedir minha ex-mina em namoro no Caribe. Ué, não é só porque eu nasci no esgoto que eu tenho que limpar o corpo com bosta!

Levei ela pra uma ilha da Colômbia chamada San Andrés. Acho du caralho falar isso, que os nerds já tão:

– Caralho, pediu a mina no *GTA*? Maior risco de atropelamento.

É San Andrés na Colômbia, o Caribe da Colômbia. Cheguei pra minha mina e falei assim:

– Amor, você vai viajar comigo?
– Pra onde?
– San Andrés.
– No ABC?

Ela achou que San Andrés fazia divisa com "San Bernardo". Oia azideias da mina!

Só que nessa viagem, eu descobri que eu sou tão burro quanto, porque eu não sei fazer uns bagulhos, era a produção que fazia, né? Peguei a passagem e tava escrito:

"São Paulo - Panamá; Panamá - San Andrés: 8 horas", suave. A volta: "San Andrés - Panamá; Panamá - São Paulo: 12 horas".

Essa porra tá errada, óh? Por que, como é que deu 8 pra ir... E, na volta, tá dando 12? Sendo que, pelo mesmo céu que vai, tá voltando? Teve uma hora que eu até pensei: "8 pra ir, 12 pra voltar, será que na volta, para no Graal?".

Cheguei no maluco falei:

— Majestoso, o quê que é isso aqui? Tá indo de avião e voltando de HB20?
— Senhor, é o fuso!
— Eu também tô confuso, senhor!

Sabe por quê? Porque eu queria confessar um bagulho pra você, meu amigo, leitor ou leitora: talvez, pra Comédia eu seja um pouco inteligente, porque eu estudo essa porra pra caralho. Talvez, para a Comédia, eu tenha feito os cursos. Agora pra vida... eu não passei no ENEM, dá pra entender isso? Muleque, foi horrível pra mim, sabe por quê? As pessoas pensam que eu sou inteligente porque eu sou muito *workaholic* com relação à Comédia. Só que eu sou um bosta! Quer ver?

Eu vou falar um bagulho para você: pra Comédia eu posso ser inteligente, só que pra vida, eu sou um bosta, que nem você que tá lendo essa linha. Sabe por que eu fiz esse comentário? Porque a audácia é um gatilho cômico. Quando eu ofendo meu leitor, você que comprou meu livro, e agora está lendo, de maneira inconsciente pensa assim: "Que filha da puta!". Então, por isso, você ri, só que a gente não fala disso. Exemplo: Chaplin, quando ele passava a mão na bunda de um policial e saía suave, nóiz ríamos por dois motivos: primeiro, a audácia, e segundo, a empatia pelo menor tá vencendo o maior, por isso que a gente ri. É isso! A Comédia é boa por conta disso. Agora, na vida, eu vou provar pra vocês como que eu sou um bosta. Meu amigo, por favor, me responda: como que se agradece em espanhol? "*Gracias*", certo?

Todo mundo sabe: "*Gracias*". Eu tava dois dias na Colômbia, falando "*owbrigadow*". O cara fazia um favor, eu respondia com "*owbrigadow*". Teve uma hora em que eu fiquei tão desesperado que eu falei: "*Majina*".

Aí, dois dias eu falando isso, minha mina chegou em mim e falou:

— PARA de falar "*owbrigadow!*", tá ridículo!
— Amor, me *desculllrrrpa!*

Minha mina fala inglês, espanhol e português. Eu falo português e gíria! E dá certo, o maluco passou e falou:

– *Sean bienvenidos, amigos.*
– Pode pá, meu aliado!

Só que a grande vergonha que eu passei foi quando eu fui trocar meu dinheiro real por peso colombiano. Eu decorei tudo em espanhol para falar e passei uma vergonha do caralho.
Se liga no que aconteceu: abri a portinha, olhei para a mulher e falei:

– *Hola*, senhora. Gostaria de *cambiar* valores reais para *pesos co-lom-bianos*.
A mulher, com Deus no coração, olhou pra mim e falou:
– Sou brasileira. O senhor tá na Avenida Paulista. Fora trocar o dinheiro, o senhor quer mais alguma coisa?
– *Majina, tranquilo!*

Peguei 1.760 reais e entreguei pra ela, sabe quanto ela me entregou? 1 milhão e 350 mil pesos! Olhei ela contando o dinheiro e pensei: "Estourei! No Brasil, eu sou um bosta, na Colômbia, eu sou o Pablo Escobar!". Eu tava com tanto dinheiro na mão que até tocou no Spotify: "*Soy el fuego que arde en tu piel...*". (Essa piada é pra poucos!). Essa piada é só pra quem assistiu a série *Narcos*. E eu tô ligado que toda a Quebrada assistiu, porque a gente precisa saber da nossa história... E eu vejo o cara que tem dinheiro do seu lado assim, óh: "Meu Deus... Rita? Esses selvagens têm leve acesso à Netflix! Daqui a pouco eles vão baixar o iFood também!".
A gente já tá no iFood, só que a gente entrega!

A FAMÍLIA TÁ CRESCENDO

Meu nome é Luís Gustavo, o Gustavão do Cavaquinho no Terra Brasileira, um projeto de resgate de sambas das décadas de 30, 60, 70... Mas, no Stand-Up, eu sou conhecido como Lugão, produtor do Thiago Ventura.

Eu sou uma pessoa dos bastidores do show de Comédia. Sou tanto dos bastidores que, participar com um depoimento no livro do Ventura... Meu Deus! Faz quatro anos que entrei na vida do Ventura e o Ventura entrou em minha vida. Antes disso, o Stand-Up era um mundo à parte e eu não me via nas referências que existiam. Por ter vindo das rodas de samba, algumas piadas e algumas narrativas pra mim não faziam muito sentido, soavam ultrapassadas, sabe?

Comecei a namorar a Tarija e ela é de uma família incrível de pessoas dedicadas à produção de espetáculos teatrais. Conheci sua mãe, a Clara, e o pai dela, o Wil, dono da C.A. Produções. Eles produzem peças das pequenas às grandiosas há mais de 30 anos. Então, eu passei a circular neste meio, ajudava no operacional do teatro e fiz de tudo: de entregar panfletos à acomodar plateias dentro dos auditórios.

Um dia a Tarija me falou: "Ah, vamos ao teatro para assistir um humorista com quem vamos começar a trabalhar?". A princípio, beleza, tudo em paz, só mais um dia de trabalho. Mal sabia que aquela noite iria transformar minha vida e minha visão sobre o Stand-Up. E deve ter mudado também a vida do Thiago, porque ele era o cara que tinha que resolver muita coisa, correr, ver a luz, acertar o som, ir pra cá e pra lá...

O Thiago era uma pessoa com uma carga muito grande em cima dos ombros. Hoje, o Ventura consegue gerar muito material, constrói, cria e pensa muito o tempo todo. Com nossa produção, o trabalho dele agora é subir no palco e entregar o espetáculo. O nosso trabalho é se ocupar com todas as questões para que o Ventura se preocupe apenas com a Comédia e isso faz com que o humorista cresça artisticamente.

Ao conhecer o humor que o Ventura fazia, era muito mais fácil de me enxergar, eu conseguia assistir aquilo com o olhar de nostalgia e falar: "Porra, realmente é isso!". E não existia uma ofensa, né? Não existia um ataque. Era uma piada sobre o cotidiano e começou dessa forma, assim...

E a minha visão sobre o Stand-Up mudou. Hoje eu consigo avaliar um espetáculo de forma profissional. E ao analisar a piada, eu vejo também a reação da plateia: se a plateia rir, a piada foi boa, funcionou. Eu não mudei minha opinião social e política, então eu posso não ter gostado do conteúdo. Mas, para o espetáculo, preciso saber se a piada funciona.

Outro ponto que o Thiago me ensinou, foi enxergar a estrutura da piada. Não que eu entenda de Comédia, mas consigo ver a construção e a estrutura cômica que o Ventura cria. Dessa forma, quando vejo qualquer outro espetáculo, consigo analisar por diversos ângulos, tipo: o Gustavão pensa: "A piada é muito boa!". O Luís Gustavo ama aquela piada. E o olhar técnico do Lugão fala: "Puta, acho que essa piada fica melhor de outra forma!". Se eu gosto ou não da piada é uma coisa, mas, como produtor, consigo assistir e falar: "Porra, isso é muito bom!".

Agora pensa: Como falar de um moleque negro que vem de São Mateus e começa a trabalhar com o Thiago, cru, cru, cru? Eu não sabia nada de produção de Stand-Up. Sem perspectiva pra fazer uma viagem nem pra Aparecida do Norte e, de repente, eu estava rodando o Brasil inteiro em turnê com o Thiago Ventura.

Meu sogro já não conseguia mais acompanhar o ritmo dos meninos do Stand-Up e ele me deu a oportunidade para começar a viajar com os 4 Amigos, depois a viajar com o Ventura e isso é uma experiência muito incrível! Uma transformação imensa de crescimento pessoal e profissional. Às vezes passamos mais tempo viajando juntos do que com nossas famílias. Nossa relação profissional se tornou também uma amizade com a convivência no dia a dia. Até pela origem parecida, somos de famílias pouco estruturadas, então temos muita identificação.

E como o Thiago Ventura sempre exige um padrão muito alto de excelência, isso faz com que eu me cobre muito e sou grato a ele por me fazer alcançar esse nível de exigência. Então a exigência do Thiago só me faz melhorar.

O mundo do Teatro é muito maluco, sempre foi difícil ter uma produção preta. Hoje é menos, passei a ser conhecido no meio, mas ninguém chama por uma pessoa branca no teatro e pergunta se ela é o segurança da casa. Quando eu falo de produção negra é porque, além de mim, a minha esposa é negra, minha sogra também. Muitas das pessoas que trabalham na C.A. são negras e são essas pessoas que estão à frente das produções.

Por tudo isso eu penso que aquela noite mudou a minha vida e a dele também. O Thiago um dia desses me falou: "Porra, Lugão, se não fosse você na minha vida..." no sentido de que meu trabalho é facilitar os processos, resolver coisas e acho que o Thiago mandaria um "Só Agradece, Lugão", talvez por isso.

Hoje a Tarija é minha esposa, a família tá crescendo e, sem exageros, essa família que me acolheu, a família C.A., abraçou a carreira do Ventura e fomos abraçados por ele de volta. E isso é motivo mais que suficiente pra dizer ao Thiago Ventura: *Só Agradece*.

LUGÃO
@lugaoproducao

RONALDINHO DA COMÉDIA

Meu nome vem de um grande campeão que minha mãe acompanhava na TV, que fazia a minha coroa vibrar com o rebento no ventre. De tanto ver Michael Jordan brilhar entre os gigantes, passou a gestação inteira dizendo que seu filho iria se chamar Jhordan, pra desespero de meu pai.

LeBron James pra mim é um exemplo de determinação, Lewis Hamilton é outro. Jordan, Lebron, Hamilton eles têm um bagulho em comum que todo comediante deveria ter: empenho constante para ser o número 1. Esses caras trabalham dia e noite para ser fora da curva.

Thiago Ventura tem essa chama, essa garra, o empenho necessário pra superar os próprios limites. Um cara foda, referência pra 70% dos comediantes do país!

Num é que um dia fui num show de Feira de Santana pra ver o Ronaldinho da Comédia e ele me escalou pra subir no palco antes dele? E ainda disse que se eu segurasse a plateia no peito sem apelar pra clichê, homofobia, machismo... eu ia abrir o show dele em Salvador. Deve ter dado certo porque de lá pra cá, nóiz nunca mais nos afastamos.

Eu tinha 16 anos quando o Ventura começou na Comédia Stand-Up, hoje com 26 de idade e 5 de Comédia, chapado, graças a Deus! Conversando com o Bingão ele me falou um bagulho muito foda: "Jhordan, você tá trampando pra ser o número 1?". Eu tenho o sistema nervoso atacado, já mandei essa aqui: "Sem chance irmão, meu foco é em ser o número 1.1, porque eu estou encarando o número 1".

Ventura então disse que pra nóiz que vem de Quebrada, ocupar esses espaços de referência e viver a Comédia é uma dupla conquista. E não era da cidade de Vitória da Conquista na Bahia que ele tava falando...

JHORDAN MATHEUS
@ojhordanmatheus

CAP. 6
BEACH PARK

Eu não teria postura pra ganhar um Oscar.

...

—"E o ganhador é Thiago Ventura"—

And the Oscar Goes to

BIGBIG

Eu já soltaria da plateia um

"VAI CARAIO!"

Na hora de agradecer:

"Aê Denzel Washington, por essa você não esperava",

"Queria agradecer a academia, um abraço pra Smart Fit Taboão".

CAP. 6

BEACH PARK

Sabe qual é a grande questão, leitora e leitor? Esses dias, eu fiz uma turnê pela Europa que foi do caralho. Eu conheci a França, eu conheci a Bélgica, eu conheci Portugal, conheci a Holanda, conheci a porra toda. Mas sabe qual que é a grande fita? Eu não sou de lá. Eu não tenho nenhuma cultura de lá. Então, eu chego, acho do caralho e volto, porque eu gosto pra caralho de onde a gente vive, tá ligado? Tá tudo errado? Puta que pariu! Mas é muito foda aqui. E eu tenho que ter o pé no chão de saber de onde que eu vim, tá ligado? Pra tudo acontecer da forma que eu quero.

A melhor história que eu tenho pra vocês aconteceu no Brasil. Eu fui conhecer um lugar chamado Fortaleza, conhecer um parque chamado *Beach Park*. Tava eu e mais três amigos, que dá quatro amigos, que não são os 4 Amigos! Só porque eu tenho um grupo chamado 4 Amigos, vagabundo e viciado acham que eu só ando com eles! Aproveitando, quero agradecer Dihh Lopes, Afonso Padilha e Marcio Donato, meus manos, sou fã de vocês.

Esses dias, eu tava na praia. Na água... chegou um maluco pra mim e falou assim:

— Hehehe... Você não é o 4 Amigos?
— Cara, sou só 25%, sou Thiago Ventura, 4 Amigos é meu grupo...
— E cadê os muleques?
— Irmão, eu tô no mar. Eu não ando grudado com eles!

Mas aí, eles, que tavam mergulhando ali pertinho, saíram da água do meu lado, na frente do maluco!

Só que, nesse caso de Fortaleza, eu estava com os amigos

da minha rua. Então, eu vou apresentar pra vocês, primeiro de tudo: era eu, Thiago Ventura.

Segundo:
Wagner Carroça, membro da Torcida Jovem do Santos, linha de frente na pancadaria. Já deu uma voadora no técnico Emerson Leão. Como eu sei disso? Saiu no jornal, ele recortou e fez um quadro. É ele na voadora e o Leão no chão.
Cheguei na casa dele, achei um absurdo e perguntei:

— Wagner, o que é isso?
— Dias de glória!

São meus amigos.

O próximo:
Renan, fisiculturista. Professor de educação física formado. Sabe esses caras gigantes? Muito músculo, pouca pica...

O próximo: Tigas, o amigo que todo mundo tem. Sabe esses amigos que não servem para porra nenhuma? Só que, quando falta, a gente tem uma saudade do caralho? Sabe esses amigos que não têm qualidade nem defeito, ele tá na vida para sobreviver? Sabe esses amigos que nunca teve dinheiro pra porra nenhuma, porque nunca trabalhou e, do nada, aparece com 50 reais? Você fala:

— Tigas, que porra é essa?
— Tava na mochila, aí eu peguei e comprei churros.

O Tigas é esse cara.
Só que o Tigas, meus amigos, tem um diferencial que é a boquinha pra frente. Sabe essas pessoas que têm a boquinha pra frente? A gente nunca comenta isso porque é normal, não é nem feio, nem bonito, é só pra frente. Todo mundo conhece alguém que tem a

boquinha pra frente, igual ao Tigas.

Agora você já conhece os meus amigos, eu quero que você preste atenção para não perder detalhes, tá? Entramos na van, em direção ao *Beach Park*.

Todo mundo na van, os muleques já com sono, porque tinham bebido na noite anterior, eis que a mulher do *Beach Park* começa a explicar sobre o passeio:

— Bom dia! Sejam todos muito bem-vindos à Fortaleza. Aqui em Fortaleza nós gostamos de iniciar o nosso dia com excelente bom dia, por isso: Bom Dia... Hahahah! Uuuuh! Nossa excursão para o *Beach Park* demora cerca de 45 minutos. Chegando lá, vale ressaltar que nós temos um brinquedo chamado "Insano", que é um dos maiores escorregadores da América Latina. Ele possui 14 andares de altura e você desce lá de cima a 100Km/h. Ah, e sem nenhuma proteção! Tome cuidado para não cair lá de cima, senão você não terá um bom dia, Hahaha! Uuuuh! Outra coisa que vale ressaltar: se você não sabe nadar, por favor, não vá nesse brinquedo. A piscina é funda e você não terá um bom dia. Outra coisa: se, por acaso, você subir 14 andares e, por medo de altura, resolver descer pelas escadas, temos a tradição de vaiá-lo até o último degrau.

Você entendeu? Toda vez que você descer, terá alguém vaiando na sua cara: "Úúúúúúú...", aí você desiste, desce e tem outra galera: "Vai chupar a teta da tua mãe, neném!".

Quando ela falou isso, eu falei:

— U quê? Quero ver eu num ir. E aí, Carroça, vamo?

— Aí, muleque, na moral, eu enfrento qualquer torcida, você acha que eu não vou?

— E aí, Renan, vamo?

— Pego 80 de cada lado no supino reto, você acha que eu não vô?

— E aí, Tigas, vamo?

E ele, com a boquinha pra frente:

— Ôh, eu quero ver eu não ir nessa porra aí, fí!

Fomos até o brinquedo, paramos lá na frente, olhamos pra cima... que brinquedo alto da porra! Se você cai lá de cima, você para em Osasco, juro pra você! Muleque, aí eu olhei lá pra cima e tinha o tipo de pessoa que eu mais amo na minha vida que é gordo. Eu amo gordo! Se você que está lendo este livro e é gordinha ou gordinho, gorda ou gordo, gordona ou gordão, saiba: eu te amo! Porque você tem uma filosofia de vida parecida com a minha, sabe qual é? Eu estou cagando pra opinião dos outros. A vida é minha, o corpo é meu e eu como quantas lasanhas eu quiser.

Meu pai é gordão, ele tem uma frase ótima que é: "A vida é uma só, traz almôndegas!". Você já percebeu que quem é gordo tem bom senso de humor? Porque se eles tiverem um problema de saúde, podem emagrecer. E você que nasceu um pau no cu? Eu olho lá pra cima, tem um gordão lindo, fiquei animado, e falei:

— Ei, Gordão...

Gordo Rosa, caralho... Como eu amo gordo rosa! Gordo lindo, sem pescoço, teta boa... Rosão! Ro-são! Eu pulei e falei:

— Desce, Majin Boo! - (Essa piada é pra poucos!).

Aí o Gordão começa a se balançar, até que ele se lança e começa a descer, batendo a cabeça no escorregador, a teta bate na cara, a barriga bate na teta. O umbigo fundo, cheio de água, parece o cano de que sai a mulher do filme *O Chamado*! O Gordão bate na água, nem afunda, sai capotando assim de lado, viado! Levanta e fala:

— Eita porra! Eita porra! E-i-ta po-rra!

O Renan olha pro Carroça e fala assim:

— Vô não... Se um homem forte desse jeito aí já tá morrendo, a gente vai repartir no meio!

Eu falei:

— Ninguém vai?

O Tigas respondeu:

— Eu vô! Falei que eu vô, eu vô, fí. Tá brincando é?

Aí tá lá, subindo eu e o Tigas. Subindo 14 andares, comecei a conversar com ele:

— Aí, Tigas, na moral, posso falar um bagulho pra você? Ah, cê é loko mano. Ôh, us muleques deram mancada, hein? Falaram que iam vir no bagulho e nem colaram! Cê é loko, us muleques, porra, arregaram, eu fiquei puto!

— Ei, Big Big, eu tô junto com você, viado! Se você quiser parar de falar com os muleques, eu também paro!

— Não, Tigas, você é meu aliado de verdade. Sabe qual que eu acho? Que us muleques tão com medo de altura. Você não tem medo de altura não, né Tigas?

— Ah, que medo de altura o caralho! Como é que eu vou ter medo de altura, sendo que eu já enchi laje? E outra coisa, Big Big, pra quê que eu vou ter medo de altura? Quantos andares tem isso aqui, 6?

— 14!

— Aí me fode também, né? Caralho, 14 andares, viado! Onde é que você descobriu isso?

— A moça da van que falou.

— Porra, dormi cuzão... 14 andá... caralho 14 andá...

— O quê é que foi, Tigas?

— Não, é que 14 é depois do 13, né? Porra, 14 and... Aí Big Big, posso te falar um negócio? A gente vai subir, vamo descê, eu vou olhar na cara dos muleques e falar: "Óh... cêis perderam, hein?" Hehehe... 14 andá... ôh povo desocupado do caralho! 14 andá, vai lavar umas loça, porra! Aí, Big Big, eu vô falá um negócio pra você, esses muleque são trouxa de não ter colado. Porra, tão lá embaixo, sequinhos, tomando sorvete. Inteligente é nóiz: 14 andá... 14 andá... Mas aí, Big Big, sair daqui também é vida nova! Cê é loko viado, eu vou parar de aceitar os bagulhos de primeira!

— Tigas, você tá arrependido?

— Não, tô chateado memo... Porra eu nem percebi, do nada, eu já tô aqui. Tá brincando, é? Cê é loko! Essas estruturas de madeira, pra cair é dois palito, óh! Madera boa pra ter cupim, porra! Ei, Big Big, se minha mãe tá aqui, eu não vô nem fudendo! Cê é loko, alto pra cacete! 14 andá! Ôh Big Big, deixa eu te perguntá um negócio? Quando o teto tá preto, é que a pessoa vai desmaiá, né?

– Tigas, você vai desmaiar?
– Não, que minha perna tá formigando, né viado? Pra desligar a chave geral, é rapidinho!
– Ôh Tigas, cê tá de palhaçada que você esperou subir tudo isso pra desistir?
– Big Big, eu não vou desistir não! Só não concordo que esse bagulho de ser vaiado é tão ruim que nem cê fala!

Chegamos bem alto, um infinito de céu. Teve uma hora que passou o Goku e o Piccolo voando... (Essa piada é pra poucos!).
Quando eu olho pro lado, tem um pai e o filho. O pai, claramente chateado, e o filho elétrico pra porra. Sabe essas crianças felizes que tão cantando assim, ó:

– *Meu pai, meu pai, meu pai, meu pai, meu pai é o melhor,*
o meu pai me trouxe aqui, meu pai, meu pai, meu pai,
eu não gosto da minha mãe, eu só gosto do meu pai,
meu pai, meu pai, meu, meu, meu, meu pai.

E você via na cara do pai que ele nunca quis gozar dentro. Aquele filho é um erro! Comeu a mãe chata pra caralho, estourou o champanhe, nasceu o Satanás! Aí eu olhei pro pai chateado e eu falei:

– Pai, tá tudo bem?
– Cara, desculpa desabafar com você, porra bicho, óh lá meu filho... Felizão né? Só que já é a terceira vez que a gente sobe aqui e ele desiste. A gente foi vaiado três vezes!
Tigas falou:
– Eu queria uma só... mas querer não é poder, né não Big Big?

Mas eu vou chegar nos muleque e falar: "Óh cêis perderam, hein?". Tá brincando, é?
Eu falei:
— Cara, você já foi vaiado três vezes?
— Cara, pelo visto vai ser a quarta! Ele fica animado, chega na hora lá, trava.

Eu pensei: "Quer saber? Vou falar com a criança. Eu sei fazer *beatbox*, vou distrair essa criança". Cheguei perto da criança, que tava agitada, e falei:
— Lúcifer, olha o que o tio sabe fazer, se liga...
Fiz *beatbox* por quatro andares. A criança ficou hipnotizada. Eu falei: "Olha que foda, acalmei a criança, distraí a criança, vou contar pro pai". Quando eu viro pro pai... Você acredita que ele desceu do escorregador e deixou a criança comigo?
Que filho da puta, meu irmão! Eu olhei lá pra baixo, tava ele e o Gordão assim, ó:
— Eita porra! Eita porra!
Começo a escutar o filho dele cantando:
— *Cadê meu pai, cadê meu pai, cadê meu pai?*
Quando eu olho pra criança, o Tigas tá na cara dele:
— Seu pai sou eu... Se quiser descê de escada, o pai desce com você...
Dei uma bronca do caralho nos dois, falei:
— Vamos descer é de escorregador!
E desci! Nunca vá! Porra, água com cloro no cu arde pra caralho, meu irmão. Saudade do Japão. Aí desci e saí falando:
— Eita porra!...

E pasmem: depois de mim quem desce? A criança. A criança desceu! Quando a criança desceu, algo na minha cabeça deu um clique e pensei: Mano, olha o que aconteceu? O pai deu três chances para a criança descer. Deu escolhas. Quando, na quarta chance, ele não deu opção de escolha, ele desceu. O filho olhou a referência lá embaixo viva e falou: "Eu não vou morrer!". Ele transformou o medo na coragem. De maneira indireta, o pai educou a criança. Que foda!

Eu fiquei admirando aquele momento, até que eu vejo o filho saindo da piscina e indo em direção ao pai para dar um abraço, com um catarro na cara! Era uma lesma! O pai abraçou a criança, a criança abraçou o pai, eu abracei os dois, o Gordão nos abraçou!

Ficou todo mundo falando:

— Eita porra!

E leitor, por dois minutos, eu esqueci o Tigas lá em cima! Quando eu volto com a atenção, eu começo a escutar...

— Úúúúúúúúú... Vai chupar a teta da tua mãe, neném!

Mas não! Não era o Tigas. Era outra pessoa que tava descendo pelas escadas.

Quando eu olho ali no escorregador, o Tigas tava travado. Sabe quando a pessoa tenta fazer o bagulho, mas trava? Porque o escorregador é um abismo, viado! Ele travou.

Travou a perna, travou o braço e travou aquela boquinha pra frente... O instrutor falou:

— Senhor, tem que descer.
— Eu não vô. Pode falar pra todo mundo que o brinquedo fechô!
— Senhor, tem que descer!
— Eu não vô descê, senhô, como é que eu vô descê se eu não sinto minhas perna?
— Senhor, mas a fila tá vaiando!
— Tem boca é pra vaiá memo, fí! Eu não vô descê não e eu não vô descê! Quê que tem lá embaixo?
— Senhor, tem uma piscina funda.
— Eu não sei nadá, irmão...
— Mas, senhor, avisou na van!
— Eu dormi! Porra, não pode dormí nesse lugar? Eu não vô descê, não.
— Senhor, é melhor o senhor descer, senão eu vou ter que cha-

mar o segurança e você vai ser vaiado com o segurança!
E o Tigas falou:
— Não, não pode! Eu não posso descê de escada não, instrutô. Porra, tá maluco? Seu eu descê por lá... Cê não conhece meus amigos... Eu quero ter um bom dia! Se eu descê de escada... não, não dá não! Eu prefiro morrê de uma vez do que morrê todo dia aos pouquinho. Como é que escorrega nessa porra?
— Cruza as pernas.
Tigas cruzou.
— Cruza os braços.
Na hora de cruzar os braços, Tigas ficou nervoso e ao invés de cruzar no peito, ele cruzou acima da cabeça. Tigas, desde criança, tem um probleminha no ombro. O impacto, a 100Km/h, deslocou o ombro do Tigas. Ele é míope, caiu a lente de contato. Ele não sabe nadar, a piscina é funda. No resumo, o melhor dia da minha vida!
Muleque, quando eu vi o Tigas na piscina, sem o braço, parecia o Nemo tentando nadar. Quando aparece na água assim afogando, o certo é gritar: "SOCORRO!", mas o Tigas tava tão confuso que quando apareceu, ele falou:

— Eu sou míope!
E afundou. A pessoa tá se afogando e querendo uma consulta na Óticas Carol? Pulam dois salva-vidas, salvam o Tigas. E eu, morrendo de rir! O Tigas sai da piscina vomitando e o Gordão fala:
— Eita porra!
E a criança canta:
— *Eu não vomitei, eu não vomitei!*
Tigas levanta, olha pros muleques e fala:
— Aí, cês perderam, hein!

ENGRAÇADO PROS AMIGOS

Na verdade, a viagem para Fortaleza foi algo em que a gente não tinha nada planejado. Trampando pra caralho, estressado... e eu estava com o Tigas e Renan e nóiz falamos: "Vamo marcar uma viagem, mano?". O Big encostou e a gente deu ideia nele. "Aí, já tá fechado?", ele quis saber. "Fechado não, mas a ideia é essa". "Então eu vou me jogar com vocês nessa ideia". Eu falei: "Pô, demorô".

O Big ainda não tinha largado o trampo no banco, tava começando a estourar a correria dele e já não dava pra ele colar com nóiz sempre, então ia ser da hora viajar com mais 3 amigos que cresceram junto na Quebrada. Fomos na CVC: os caras metidão, o Big com faculdade, trampando em banco, o Renan professor em academia, o Tigas, ah o Tigas não conta e eu, o cara burrão que fazia supletivo...

Não conseguiram tirar as passagens no nome deles. Saiu tudo no nome de quem? Do burrão do Carroça, o cara da Torcida do Santos, que gosta de dar porrada. Inclusive, eu acho da hora o jeito que o Big conta a voadora no Emerson Leão, todo mundo ri e tal. Mas foi outra época, eu era moleção, tinha uns 15 ou 16 anos. Hoje em dia, fui ficando mais velho, aprendi que não é bem por aí.

A história do *Beach Park* é 99% real, o 1% que não posso falar é em cima do brinquedo, porque eu não subi lá pra ver se tinha mesmo aquele mulequinho, o Satanás... Sem falar o dom do Big, o talento nas expressões faciais, corporais e deixar o bagulho mais engraçado.

Quando eu desci da van, falei que ia subir naquela porra, mas quando passei do lado do brinquedo, eu vi um cara descendo e as costas do cara vuando 3 palmos do bagulho e falei: "Não vou nessa porra aí não". Os caras: "E aí, você vai peidar?". Me encheram o saco dizendo que eu era o cara que encara confusão em torcida... Eu tenho medo de altura e se a briga for em um helicóptero, eu não vou.

Quando os dois subiram, eu falei: "Renan, sabe por que os caras é assim e foram no brinquedo? É porque os caras são feio e se acontecer algum acidente e zuar o rosto deles, dá nada não...".

Essa viagem tem história porque, pensa: eu e 3 amigos que cresceram juntos, lá nóiz demo risada, tretamo pra caralho e, graças à Deus, a viagem acabou antes da gente se matar. Foi realmente insano!

O Big sempre falava pra mim: "Carroça, vamo no Bar do Binho pra você contar seus bagulhos, você é mais engraçado do que eu cara". Mas eu sou engraçado pros meus amigos, o Big é engraçado pra todo mundo, ele estudou pra isso.

Minha amizade com o Big é verdadeira, ele faz os bagulhos pra ver as pessoas feliz. É foda, sou grato pelo Big estar feliz, a minha gratidão é por ver meu mano bem, da hora!

WAGNER CARROÇA
@owagnercarroca

ADEGA ABENÇOADA

Eu joguei muita bola no Campo do Martinica com o Big. Isso tem uns 18, 20 anos. Na época do MSN, ele virava a noite escrevendo texto, mandava pra mim e eu falava que tava bom, porque era engraçado. O Big sempre foi pra frente nas ideias.

A viagem foi muito top, a gente decidiu ir: eu, o Carroça, o Big e o Tigas. No dia da viagem, nos reunimos aqui em casa, tem até uma foto desse dia, a gente com as malas. O meu irmão levou a gente no aeroporto e fomos nessa aventura.

Já começamos aloprando na hora de entrar no avião e o Tigas é meio cego, né? Ele não conseguia achar o lugar dele. Colocava o bilhete na cara e não achava o assento dele. Já fomos na zueira, dando risada.

Teve várias histórias nessa viagem, várias... Saímos pra tentar achar uma adega pra comprar umas bebidas sem pagar aquele preço de frigobar do hotel. Saímos pra descolar umas vodkas... Mas a gente não conhecia nada da cidade, começamos a andar Fortaleza inteira para achar essa adega. Quando achamos a bendita adega... meu Deus do céu! O Big ajoelhou na frente falando: "Obrigado Senhor, obrigado Jesus... abençoe essa adega". E tinha um gordão que estava atendendo, parecia o Tio Du, da história que o Thiago conta. O gordão não entendendo nada e o Big ajoelhado lá: "Muito obrigado Senhor, por iluminar nosso caminho e mandar a gente para o caminho dessa adega abençoada".

Compramos as bebidas e levamos muquiada na mochila para o hotel, colocamos no frigobar e tava lá a bebida fresquinha, boa e barata pá nóiz. Já indo pro Parque, na van mesmo, vai a guia contando que tem o tobogão "Insano", a atração principal do parque com 41 metros de altura, 14 andares... Eu falei: "Mano, não vou nem fudendo, eu tenho medo de altura". O Carroça também falou: " Não vou também, não". Foi só os dois mesmo. E a mina da van falou: "Mas é aquilo, se subir e descer pela escada, vai ser vaiado".

Como só o Big e o Tigas foram lá, são os dois que sabem como foi subir e descer e tudo mais. Sobre eu e o Carroça ser os fortão e não ter encarado o brinquedo é aquilo: físico, músculo, não quer dizer nada. Você pega um cara tipo o Tigas, ele é folgado, doidaço, figuraça, sempre foi. Conheço o Tigas desde quando ele tinha 9 anos de idade. O Tigas que ninguém conhece é um Tigas casado, trabalhador, paizão, acho ele um puta de um pai. É um parceirão. Ele é um cara cabeça, mas quando bebe, ele fica engraçado. O Big imitando o Tigas é igualzinho quando ele fica bêbado e ele fica bebaço fácil.

E eu sei que o Big é grato pela nossa amizade e eu tô me achando pra caramba estar no especial e agora neste livro, né? É surreal, mano. Até avisei meus alunos na academia: "Vou estar no livro do Thiago Ventura!", porque lá na academia todo mundo gosta dele. Pra Quebrada, o Big representa muita coisa, muita mesmo, ele nem tem ideia.

RENAN
@orenantreinador

FALA 300...

Meu nome é Tigas. Quer dizer, meu nome mesmo é Tiago, mas só minha mãe me chama assim, todo mundo só me conhece por Tigas.

Big Big eu conheci na escola Mauricio Simão, desde a 5ª, passando pela 6ª, 7ª, 8ª série... Ele jogava bola junto com a gente, eu não tinha muito sucesso com esse negócio de bola. Ele gostava de dançar um forró, eu gostava também, começamos a sair pro Açaí 46, Remelexo, pra dançar forró... Não dançava eu com ele né, viado? Lê direito isso aí, mano.

Eu sempre fui inteligente na escola, mas era relaxaaaado. De tanto pular o muro pra fugir, fui logo expulso. A diretora falou: "Já que não quer estudar...".

Nesse dia, eu e os muleques tava num rolê e falamo: "Pô, todo final de semana o mesmo rolê, temo que fazer umas parada diferente". E alguém falou: "Vamo marcar uma viagem aí?". Começamos a pesquisar para onde a gente ia. Teve um dia que combinamos: "Vamos na CVC, lá a gente decide para onde vai". Só que nesse dia que eles foram para a CVC do Shopping Eldorado, eu não fui... eu não fui porque eu tinha um "negocinho", num podia perder, não. Ah, na época eu era solteiro, é bom que esse bagulho fique gravado.

Partimos pra Fortaleza e lá no hotel a programação do dia era: a gente tomava um café pra dar uma forrada e já começava a embrazar... então, a forma engraçada de falar, fica mais perceptível quando eu estou bêbado. Aí fica meio igual, tipo: "Fala 300, fala 300!..." e aí, acha que é igual ao Big Big?

O passeio para o *Beach Park* aconteceu uma semana antes do carnaval, foi exatamente como o Big Big contou... Subimos um monte, um montão e eu comecei a ficar com medo. Mas eu pensei: "Já tô aqui mesmo". Quando chegamos lá em cima, entre o Big, eu e a criança, acho que quem tinha mais medo, era eu memo. Realmente aconteceu deu ficar reclamando: "14 andá...". Isso foi real mesmo e aquele negócio: "Qual é o problema de ser vaiado?", eu também falei. Eu subir para depois descê? Tá maluco, é? Pior ainda. Se fosse pra desistir, eu desistia lá embaixo.

O Big tava aqui, trocando ideia comigo, e quando eu olhei pro lado ele já... vrum... desceu. Aí eu falei: "Ihhh, agora fudeu!". Pensei em descer pela escada, olhei para baixo, cheio de gente, pensei numa estratégia para poder descer...

Aí Big Big, eu não gritei: "Socorro!", quando eu caí na piscina. Eu gritei: "Sou míope!" e se depois gritei: "Socorro!", eu tava louco, não lembro.

De Fortaleza, teve várias histórias, várias. Só um tequinho pra você sentir o drama: a gente tava num bar lotado, show ao vivo. No meio do bar tinha uma árvore, eu bem loko subi na árvore... (O Thiago vai ler esse trecho do livro, cuzão? Aí me fode!) mas já comecei a contar, vou contar: eu em cima da árvore e o Big Big vai com toda a paciência comprar um lanche e um suco pra mim, pra ver se eu melhorava. Eu, lokão, joguei o lanche fora e falei: "Não quero essa porrra...". Mas aí têm vários desdobramentos que o Thiago pode contar num próximo show dele. Né não, Big Big?

No bar lotado, eu tirei o microfone do malucão cantando música ao vivo e falei: "Deixa o meu amigo fazer uma apresentação de Stand-Up", lokão, muleque! Pode perguntar pro Big! O maluco do microfone, puto, perguntou: "Quem é você? O que é Stand-Up?". Eu falei: "Você vai ver daqui a pouco...".

Todo mundo sabe que eu sou um cara da hora, mas quando eu bebo, fico mais valentão que o Carroça, quero arrumar briga com todo mundo. Tô dando uma maneirada em relação a isso, acho. Cara, só faço merda. Nesse dia tava bem loko, tava ruim, quis arrumar uma briga...

A galera sem me conhecer pensa que eu sou folgado. Depois de me conhecer, vê que eu sou folgado só quando bebo.

Ei Big Big, você me imita, mas não é igual porque minha cabeça é fina e a sua é gigante, então a estética não é igual. Você acha parecido a boca quando eu falo "300"? Mas quando eu bebo, a minha voz automaticamente dá aquela afinada, né não Big Big? Eu memo acho engraçado pra caramba. Tem um monte de gente que começou a me seguir por causa dessa porra aí. As pessoas pedem pra mim: "Aí Tigas, fala 300?".

Eu lembro da época em que o Big Big ia bastante pra Praia Grande fazer show depois de trabalhar o dia todo no banco e reclamava de sono no caminho. Eu dizia: "Aí Big Big, sou seu amigo pô, você me chama, não tem erro, a gente vai junto trocando ideia e aí, quando você pensar, já chegou. Vai que numa dessas você acaba dormindo no volante e dá uma merda". Querendo ou não, desde o começo do Big, eu tava junto.

Nossa amizade é de amigo irmão, mesmo. Posso ficar um ano sem falar com você Big, mas sei que posso contar com você. Eu sou um cara que faz muita merda, o Big fala na minha orelha pra caralho, porque eu e o Big somos amigos, não é só na parte da zueira, da brincadeira.

No mesmo ano da viagem pro *Beach Park* eu comecei a namorar, noivei e casei, tenho uma filhinha, a Isis com cinco anos agora. Acho da hora o que o Big ensina pra gente, que tudo dá pra levar com leveza, com sorriso e mais feliz. Se não é isso, a gente pensa que a vida é só uma merda.

Big Big é esse cara que só quer ser feliz, alegre e quer os outros bem. E eu sei que ele é grato por eu ser a pessoa que sou, por nossa amizade e pelo monte de piada comigo. Mas aí, Big Big, é igual eu falo pra você: essas piadas virô um *case* de sucesso, né não?

Vê se você acha igual: "Big Big, fala 300, fala 300!".

TIGAS
@otigass_

Meus amigos são de quebrada.

Esses dias um perguntou:
- Mano, você acha que sou violento?
Respondi:
- Não pô. Só me desamarra aqui.

CAP. 7
MINHA FESTA DE ANIVERSÁRIO

A COMÉDIA BRILHA COM THIAGO

Eu venho de uma trajetória no Teatro, onde existe muito preconceito com o Stand-Up. Eu, como técnico, sempre ouvia que esse tipo de Comédia era feito de qualquer maneira, que bastava um banco, um microfone e um foco de luz, enquanto no Teatro os espetáculos exigiam cuidado e riqueza nos detalhes de cenário, figurino, som e iluminação.

Meu primeiro contato com o Stand-Up foi com o Thiago Ventura. Ele preza muito pela qualidade da apresentação e ele marca cada segundo do show de acordo com o pensamento dele. Ele sabe o que tem que acontecer no espetáculo segundo a segundo. E nesse processo, a gente vai criando durante o andamento da temporada. Então, ele estreia um show hoje e ele tem aquela ideia do que é o show e, conforme a coisa vai amadurecendo, a gente vai criando essas deixas: "Aqui seria legal se de repente girasse e em questão de segundos a luz mudasse". E a gente vai trocando figurinha, vai conversando, conforme descobrimos juntos.

Esse é o diferencial do Ventura. Ele faz questão que o show seja com toda qualidade, como ele diz: "Eu vou entregar para o público o que me pagaram. Se você me pagou o ingresso você vai ter um show completo". Ele sempre vai entregar o melhor para a plateia. "Eu vou girar... eu estalo o dedo... eu bato a bengala... e tudo muda, som entra...". Isso é um processo de criação que a gente vai tendo ao longo das apresentações, para quando chegar na gravação do especial, estar tudo redondinho.

Conhecer o Ventura e acompanhar cada texto, cada piada, cada personagem, a expressão corporal, horas e horas de estudo, a cada voo e o cara escrevendo e produzindo... Enfim, esse gênio da Comédia me fez enxergar o Stand-Up com outros olhos! E o quanto estão errados os que pensam que um espetáculo de humor se faz de qualquer jeito.

ADRIANO TOSTA
@tostaadriano

CAP. 7

MINHA FESTA DE ANIVERSÁRIO

Que demais, leitora, muito obrigado! No começo desse livro eu avisei que existem três motivos para o nome do meu show ter se chamado *Só Agradece*. O primeiro motivo é porque "Só Agradece" significa "Obrigado" e eu aprendi a dizer "Obrigado" na língua dos meus amigos.

O segundo motivo é porque, através da Comédia, eu conheci coisas, lugares, pessoas e vivi momentos como esse, de estar sendo lido por você, que eu não vou esquecer nem fudendo. E o terceiro motivo, que é o motivo mais importante de todos: eu vou deixar as piadas de lado pra contar pra você agora.

Aos oito anos de idade, eu comecei a escutar atrás da porta. Tava tendo um barulho no quarto do meu pai e eu achei prudente averiguar. Afinal de contas, todo mundo que é de Quebrada é um guerreiro espartano: "Ahuu!". Acho maravilhoso isso, porque a gente grita e quem tem dinheiro tá: "Meu Deus... Rita? Esses selvagens possuem um exército!". A gente tá em todo canto.

Aos oito anos de idade, eu comecei a escutar atrás da porta e não, eles não estavam transando. Se eles estivessem, o constrangimento teria sido menor. Era uma discussão, minha mãe dizia:

— O menino tem oito anos, ele precisa ter uma festa de aniversário, sabia?

Meu pai, frio como sempre, fala:

— Eu nunca tive uma festa de aniversário. Eu não me importo se o Thiago vai ter. Olha só, se você quiser dar uma festa de aniversário para o Thiago, dê com o seu dinheiro, eu não vou ajudar. E quer saber? Faço questão de não participar, não dê essa festa.

Pra você isso não é nada. Pra mim, que nunca tive uma boa relação com o meu pai, é a minha primeira lembrança. Só que minha mãe é foda. Duas semanas depois, ela deu a festa. Minha mãe é zika, teve tudo o que eu gosto: minha mãe, minhas irmãs, meus amigos, meu cachorro Fluq, teve brigadeiro, refrigerante de laranja... Eu gosto muito de refrigerante de laranja, tipo Kenan e Kel e sim, essa referência é pra poucos!

Teve tudo o que eu amo... menos o meu pai. Meu pai costumava chegar do trampo nove da noite. A festa começou às oito. Eu vi ele chegando: parou do outro lado da rua e lá ficou até 10 pra meia noite, esperando todos irem embora. Entrou, não falou comigo e, bêbado, dormiu.

Pra muitos, meu pai é um cuzão. Pra mim, é só um homem que tem muita palavra: falou que não ia, não foi! Eu chamo isso de integridade. Aê meu amigo, eu não sou bom de conselhos, mas eu nunca tinha dito isso pra ninguém.

Eu sempre tive medo de falar dos meus demônios, dos meus fantasmas do passado, porque eu nunca fui um cara de contar quando eu tô triste ou quando eu tô mal, porque quando você é de lá, você não tem tempo pra isso. Seus amigos têm os mesmos problemas que você, então não dá.

Aos 12 anos, eu pedi pela primeira vez para os meus pais se separarem. Anos depois, janeiro de 2020, eu descubro, através da minha mãe, que tinha sido aos 7. Então dos 7 aos 12 aconteceu alguma coisa que eu não tenho uma memória e olha que o meu HD é grande. Eles estavam discutindo muito, mano, vai tomar no cu, eu fiquei puto, tá ligado? Eu tinha 12 anos, eu olhei pros dois e falei:

— CHEGA! Eu tô de saco cheio de vocês discutirem, vai tomar no cu!

E aí eles pararam de discutir pra me bater. Também, eu não sei o que deu em mim, mandar nos dois de uma vez.

Aos 13 anos de idade, eu comecei a perceber que eu ia pro colégio às seis horas da manhã e voltava, tipo, oito da noite, porque eu preferia ficar na rua do que trombar meus pais brigando pra caralho. Nessa época, eu também descobri que eu tenho uma família na rua, que são meus aliados e minhas aliadas. Na ausência do meu pai e da minha mãe, que tinham que trabalhar para colocar comida em casa, quem me educou foram eles. Então, eu vou levar esses muleques e essas minas para onde eu for.

Eu tenho que valorizar os meus amigos e você também tem que fazer isso, que nem você valoriza a porra da sua família. Não é por acaso que você tem os amigos que tem. Tem uma frase das ruas que, quem foi e quem é, sabe completar até hoje: "Se apanha um... apanha todos!". Chama-se princípio de lealdade.

Só que a gente nem troca ideia sobre isso. Se o seu pai ou sua mãe te ensinaram isso, aí, cuzão, na moral, valoriza, porque eu aprendi isso aí na rua. Eu não tinha nada, eles me deram um nome: "Big Big". Quando eles me protegiam, eu me sentia mais forte e quando iam pra cima deles, era eu quem tinha que proteger. A gente se unia. A gente se protegia. Era uma família de verdade.

Aos 14, parte do rosto da minha mãe, roxo. Aí, eu não sei se você já passou por isso, mas ver a pessoa que você mais ama com um ferimento, rouba tua brisa.

Perguntei pra minha mãe, claro:

– Mãe, por que o teu olho tá roxo?
Ela falou:
– Eu caí.
– Na maçaneta? Caiu o quê, na pegadinha do binóculo do Ivo Holanda?

Lembra dessa pegadinha? O cara colocava graxa no binóculo, viado! Velho doido do caralho! Eu falei:
– Esticou estilingue ao contrário, Mãe? O quê é que aconteceu?
E ela, por sua vez, mentiu.
Perguntei pra minha irmã mais velha, Viviane, e para minha irmã do meio, Cristiane:
– O quê aconteceu?
E as duas omitiram. Perguntei pro meu pai, que sempre foi frio

pra caralho e ele disse:
— Sua mãe sabe a verdade. Pergunta pra ela.
E ninguém me falou porra nenhuma.
Meu amigo, eu trabalho desde os 12 porque eu queria sair da minha casa. Aos 16, eu fiz meu primeiro estágio. Cheguei na minha mãe, porra, com o peitão cheio, falei:
— Aí Mãe! Estouramos! Tô ganhando 385 reais!
Minha mãe falou:
— Não dá pra lavar a bunda com isso!
— Tá com o cu cheiroso, hein, Nice? Lavando com cédulas!

Minha mãe aquele dia me explicou qual era o valor de uma compra do mês. Ela me explicou sobre conta de água, luz, sobre dívidas, sobre cartão de crédito, sobre faturas, sobre dever. Minha mãe me deu uma lição de vida do caralho aquele dia.
Aproveitei pra perguntar:

— Mãe, por que que a gente nunca saiu daqui?
— Tem alguma coisa acontecendo de errado com teu pai. Ele nunca foi essa pessoa que me chama de empregada, que fala que vocês moram aqui de favor. Seu pai sempre foi um bom homem. E, posso te falar, filho? Se seu pai quer guerra, eu vou dar guerra pra ele até o último dia da minha vida. Porque filho, eu não sou mulher que baixa a cabeça pra homem.
Quando minha mãe falou esse bagulho, eu falei:
— Aí, tamo junto, Xena Guerreira!
Aproveitei aquele dia pra perguntar pra minha mãe se ela tinha algum sonho. Quando eu perguntei, ela olhou para cima como se fosse lembrar de algo e disse:
— Eu queria ter uma casa e um dinheirinho pra passar minha aposentadoria. Eu trabalhei tanto que eu acho que eu não me diverti.

Eu engoli seco.
Aos 18, minha irmã Cristiane resolve me contar o que aconte-

ceu com o rosto da minha mãe naquele dia. Ela disse:
— Seu pai deu um soco na cara da mãe com toda a força.
Eu agradeci por ela não ter me contado criança, porque eu não ia entender. Que bom que ela me contou já comigo adulto. Eu falei:

— Obrigado, Cris.
— Não, mas não para por aí, não.
— Quê?
— Então, deixa eu te contar a história toda: seu pai deu um soco na cara da mãe com toda a força porque, antes, a mãe espancou teu pai.
— O quê?
— Thiago, ele falou uma bosta, aí a mãe empurrou ele que caiu bêbado. Aí a mãe já deu logo três bicas na cara, viado. Subiu, batendo pra caralho, aí foi uma treta e quando teve a oportunidade, ele socou. Aí a mãe parou, né? Tomou um bujão na cara! E como foi a mãe que começou a porra toda, ela pediu pra não contar pro cê porque ela tem vergonha.

Eu quero propor uma observação pra você, principalmente pra você, homem. Quando eu falei que um homem deu um soco na cara de uma mulher, não teve graça. Mas quando eu falei que minha mãe ESPANCOU meu pai, toda leitora achou engraçado. Sabe por que, homem? Porque mulher tá cansada de apanhar. E esse riso não foi de alegria. Foi de aleluia! Até que enfim uma mulher contrariou as estatísticas. É por isso que elas riem. Homem, se você tá nessa leitura e você por um acaso já encostou a mão em uma mulher, saiba: você é o tipo de ser humano desprezível que eu quero que tenha uma morte lenta.

Mas, mulheres, calma. Lembrem-se, eu sou comediante. Não se precipitem. Não é engraçado um homem bater numa mulher e também não deveria ser engraçado uma mulher bater em um homem. Quando vocês riem da violência, vocês andam contra a producente. Por isso, cuidado!

PAIS E FILHOS

Assim como Thiago Ventura, eu nasci e vivi muito próximo da pobreza. Eu em Porto Alegre, ele em Taboão da Serra. Minha família até tinha uma condição um pouco melhor do que a maioria dos meus chegados, assim como foi com o Thiago, mas passei a infância e adolescência vendo meus amigos todos os dias lidarem com dificuldades que na minha casa não existiam, tipo: fome e violência, porque a imensa maioria dos homens da geração de nossos pais usava e usa muito da violência psicológica também para se valer de uma autarquia que já não combina mais com um relacionamento homem e mulher. Na verdade, com nenhum relacionamento afetivo. Afinal de contas, se é afetivo, o nome reza. Chega! Ninguém mais pode aceitar esse tipo de condição.

Alguns amigos, infelizmente, enfrentaram a falta de um pai ou uma mãe, quando não era a falta dos dois, pois tive sim amigos que eram criados pelas avós, avôs, tias, madrinhas e por aí vai, pra eles a situação foi bem mais difícil.

Sou empresário do ramo do entretenimento há bastante tempo e tenho o Ventura como um dos grandes amigos que a vida me deu e eu o conheci através de outro grande amigo da Comédia, Nando Viana.

Tenho um filho de 4 anos e sou muito agradecido pelo acerto na escolha que fiz para parceria nessa vida. Os 10 anos mais recentes que vivi, construí ao lado dela, Vanessa Fick. Em uma de nossas idas a São Paulo, deixamos nosso filho com meus sogros e fomos assistir ao Ventura no Frei Caneca. Thiago é o cara que conseguiu em uma hora e meia aproximadamente, contar exatamente como se faz para no meio de toda essa adversidade, chegar até aqui com alegria e perseverança.

Lembro que essa noite foi muito especial, pois ele nos concedeu a honra do elogio público, fez questão de nos apresentar para toda plateia que assistia ao seu tão bonito *Só Agradece*. Ele disse ao público que éramos incríveis e que no quesito pais, somos professores. No quesito filho, eu e o Thiago passamos por uma criação semelhante. Então, sermos reconhecidos como grandes pais, dentro dessa luta dura que é gerar e criar uma criança, nesse mundão tão desigual dessa forma, um elogio desses só revigora.

Depois do show, eu e a Vanessa saímos inflados, pelo tanto de emoção e amor que o Thiago nos proporcionou. Aquela noite e aquele teatro ficarão pra sempre em nossos corações. E ao cabeçudo mais benevolente que eu conheço: *Só Agradece*.

LUCIANO BARTH LOPES
@barthlopes

Meu amigo Felipinho tem 3 filhos. É o pau mais fértil do Brasil!

Se ele passar um celular simples no pau, ele volta dual-chip.

ZEROU O GAME

Tudo começou com um *brother* nosso na época da escola que mandou um vídeo de Stand-Up para o Thiago, era um vídeo do Diogo Portugal. Ele botou na cabeça que queria fazer aquilo. Falou pra mim assim: "Porra Fê, na moral, eu faço o que esse cara faz... contar essas histórias, falar esses bagulhos". Eu perguntei pra ele: "Sério, viado?" e ele respondeu: "Com certeza! É o que a gente faz na escola, viado. O cara faz igual, falando pra um monte de gente".

E ele falou que ia tentar fazer esse negócio. Só que a gente não tinha referência de nada, esse negócio de Stand-Up, a gente não sabia nem o que era.

E tinha Sarau lá na Quebrada que rolava no Bar do Binho, tá ligado? Ele falou: "Fê, eu vou falar nesse Sarau". Eu desacreditei: "Ah mano, você não vai ter coragem não...". Num é que ele colou no bagulho, foi lá no microfone, falou umas piadas, uns bagulhos nada com nada e a gente ficou rindo pra caramba, e ali foi uma das primeiras vezes que Thiago Ventura se apresentou.

Depois disso, ele entrou pra faculdade. Ele reunia a galera e fazia todo mundo rir... e me contou: "Porra mano, num é que o bagulho tá dando certo?". Na cabeça dele tava dando certo, ele nem imaginava que aquilo se tornaria um absurdo na vida dele.

E ele nunca parou de pesquisar sobre Stand-Up. Essa é a verdadeira faculdade onde o Thiago é professor e não cansa de aprender com outros mestres. Ele foi conhecendo: Rafinha, Porchat, Danilo... pra você ter uma ideia, o Thiago anotava a piada de toda essa galera e sabe pra quê? Pra não repetir a piada de ninguém.

No meu ver, o Thiago estava super empolgado com tudo e eu pensava que aquilo não levaria a gente a lugar nenhum, não conseguia ver aquilo como profissão... A gente que é Quebrada, a gente precisa trampá pra ganhar um troco, pra poder sobreviver, tá ligado? Ia ganhar grana como? Contando piada? Eu pensava: "Isso é uma coisa que o Thiago vai fazer, vai ser uma coisa divertida que a gente vai zuar e vai ser uma fase nossa, e vai acabar". Isso no meu entender, já na cabeça do Big, ele estava pensando pra além daquilo.

Era tipo quando a gente dançava axé. A gente queria ser dançarino profissional, porque a gente amava dançar. "Será que um dia a gente vai dançar numa banda foda?". A gente tinha esses sonhos malucos e nessa fase pra mim era igual.

Mas o Thiago passou a levar essa parada da Comédia bem a sério.

Aí surgiu um teste para ele fazer na Record. Fomos no programa da Ana

Hickmann. Ele fez um texto impressionante falando sobre filmes e o outro que era do Pombo. Chegou no dia da apresentação e ele não conseguiu passar. Marcelo Marrom era um dos jurados. Ele, na hora de avaliar, falou assim: "Thiago, você tem um texto ótimo pra Stand-Up, só que pro programa você não está preparado. Televisão tem que ser piada mais simples, mas seu texto é excelente para o Stand-Up!". O Thiago saiu de lá muito feliz porque aquele elogio do Marrom era a confirmação daquilo que ele queria fazer: Stand-Up.

Ele falou pra mim: "Vou consertar o meu texto, vou deixar o texto filé para o programa e na próxima apresentação você vai ver se eu não vou passar nessa porra!".

Dito e feito. Após uns meses, surgiu uma nova oportunidade para se apresentar no concurso de piadas no programa da Ana Hickmann... Ele se inscreveu de novo, deixou o texto limpinho, aprendeu com a experiência anterior e emplacou o Pombo. Ele passou para a próxima fase, ficou numa felicidade do caralho! Foi um reconhecimento bem importante e dali em diante começou a pingar um showzinho ou outro... eu tinha um Golfão verdão na época, e pintou um show lá em Sorocaba. O pessoal chamava ele pra fazer 3 minutinhos, a gente ia com 30-40 reais de gasolina, doido pro gás não acabar, porque se acabasse a gente tava fudido! Não teria como voltar.

E ali naquela noite teve um outro cara magrelinho, vindo de Curitiba, fazendo canja. Fez um texto da Meia, foi o melhor da noite, eu não tinha ideia que ele seria um grande parceiro do Thiago no Stand-Up. O nome dele é Afonso Padilha.

Teve um lugar que ele foi fazer uma apresentação, a produtora desmereceu o Thiago pra caralho. E ele ficou chateado e falou: "Porra, essa mulher um dia vai ver aonde eu vou chegar...". E o tempo passou, o Thiago virou esse monstro, brabo do Stand-Up. Uns tempos atrás, quem é que pede um VIP pro Thiago pra colar no show? Exatamente o que você tá pensando, a mesma mina que desmereceu ele, tá ligado?

Eu perguntei pra ele: "Você mandou a mina ir tomar no cu, né?". Você não vai acreditar... pois ele descolou um VIP pra ela encostar no show dele. Eu fiquei sem entender nada. Aquela mulher que tinha humilhado ele, mano, como assim? E ele me explicou uma coisa: "Arrumei um convite pra ela colar no meu show pra ela ver da primeira fila aonde foi que eu cheguei".

Pra mim ele zerou o jogo ali e só mostra que tá em outro nível a cada dia que passa.

FELIPINHO
@felipinhovents

SE DEUS É AMOR

e eu amo a minha mãe,

logo minha mãe é Deus.

Partindo desse princípio eu **AFIRMO** que a mão de Deus pesa mesmo.

CAP. 8
A CASA PRA MINHA MÃE

TRIBOS

No início dos tempos, o ser humano precisava se decidir se era bicho ou era gente e, pra destacar o racional do irracional, nós começamos a fazer a única coisa que animal irracional não faz: se reunir e cultuar – a não ser que você já tenha visto 10 cachorros numa roda com um no meio tocando tambor ou dançando, mas só acredito vendo vídeo – e daí pra frente a humanidade criou vários ritos, crenças e tribos.

Por isso eu digo que Thiago Ventura é cultura, porque conseguiu destacar uma tribo sem perder seu sotaque ou o fio da caminhada. Muitos falam em perder a essência como se a obrigação fosse permanecer igual a vida inteira, como se isso fosse mais importante do que o nível de esperança que esse cara traz pra Quebrada de onde ele veio.

E ainda sobre esperança, eu com minha vó, sem luz e sem água, olhávamos pro mato e aquele era meu ponto de partida. No rádio tocava Michael Jackson, no fim do mundo escutando algo que não entendia e era a minha esperança.

O que o Thiago faz quando sobe no palco é mostrar que ele não é uma versão de algum comediante antigo, é mostrar que ele dá esperança. Você não percebe, mas ele faz como no início dos tempos: você senta, olha e espera a arte dele se manifestar, você ri e nem sabe porque, sua cabeça afirma pra você mesmo a cada 5 minutos, "mas que cara engraçado do caralho", sua cabeça maquina coisa pro dia seguinte enquanto você escuta a próxima piada, você nem percebe e o Thiago tá fazendo você perceber que é gente, não bicho, e que você sempre pode mais. Você me inspira, amo você!

WHINDERSSON NUNES
@whinderssonnunes

CAP. 8

A CASA PRA MINHA MÃE

Aos 28, o real motivo desse show, o motivo mais importante. Eu cheguei em casa, minha mãe tá de costas lavando a louça.

Eu falo:

— Mãe, senta aí.

Quando ela senta, eu falo:

— Mãe, tem uns seis meses que eu pedi pra senhora visitar um apartamento com a minha irmã Viviane. A senhora foi?

— Fui.

— Como é que foi?

— Thiago, lindo! Dois quartos, uma sala boa, cozinha planejada. Tem até parede!

— Mãe, a senhora curtiu?

— Nossa, um sonho de consumo!

Aí eu tirei uma chave do bolso:

— É Mãe? Se liga, comprei pra senhora e posso falar? Tá quitado, que eu sei que a senhora tá devendo no Itaú.

Quando eu comprei a sonhada casa pra minha mãe, ela pegou a chave, colocou no peito, olhou a chave, colocou no peito, olhou a chave, colocou no peito... Eu falei: "Essa velha tá com problema, hein?".

Antes dela começar a se emocionar, coloquei a mão aqui no bolso, peguei um comprovante de depósito e coloquei de costas. Cheguei pra ela e disse:

— Mãe, lembra quando eu falei pra senhora que eu ia ter 20 mil reais pra comprar meu carro à vista e a senhora falou que demorou pra caralho? Eu tenho meus motivos. É que eu não guardava só por um. Eu guardava pra gente. Pra mim e pra você. Eu guardo esse dinheiro há quase dez anos. Tó, agora é seu.

Quando ela olhou, escorreram lágrimas de alegria, chorou.

Sabia que é muito difícil você não ter noção do que é um choro de alegria quando você só sabe o que é choro de tristeza e de ódio? Quando eu entreguei a casa e o dinheiro para minha mãe, ela chorou e eu falei: "Essa velha não tá feliz com porra nenhuma!".

Eu não sabia que era de alegria. Ela tava segurando o papel e disse:

— Eu nunca tive um dinheirinho. Obrigada.
— Agora tem, mãe.
— Nossa, Thiago, é muito dinheiro. Eu não mereço.
— Mãe, nunca fala isso. A senhora é quem mais merece.
— Mas filho, eu não movi um dedo pra esse dinheiro, é tudo fruto do seu esforço!
— Mãe, a senhora é que foi meu combustível a vida toda. Tá maluca?
— Thiago, não vai fazer falta?
— Mãe, olha só. Presta atenção, eu fiz de um tudo pra colocar um sorriso na boca da senhora... Eu te dei esse apartamento, eu juntei essa grana e tô te dando. Como que a senhora tem coragem de me perguntar se vai fazer falta? Claro que vai! Eu não sei nem pra quê eu tô te dando tudo, Mãe! A senhora não moveu um dedo, porra!

Obviamente que eu falei isso pra ela rir, eu não queria que ela chorasse. Era um momento feliz. Nesse momento, minha mãe enxugou as lágrimas e me contou:

— Thiago, eu engravidei em 1988. Você foi nascer no dia 11 de maio de 1989. Quando eu engravidei, eu falei pro seu pai e ele sumiu, me deixou grávida. Com uma menina de 11, Viviane, e uma menina de 10, Cristiane. E eu tava grávida. Por conta disso, eu não conseguia pagar o aluguel, mas voltei a morar com a minha mãe, onde meu padrasto sempre me odiou. Ele falava por vários dias que eu era puta, que eu era vagabunda, que eu não valia um real e o que o mínimo que eu tinha que fazer era abortar. Mas você me conhece, né, filho? Eu sou da igreja, mas pra mandar tomar no cu é rapidinho.

– O quê? Você mandou ele tomar no cu?

– É! Mandei na cara dele! Eu falei: "Oliveira, vai tomar no cu, Oliveira! Eu não estou aqui por causa de você, estou aqui por causa da minha mãe e, posso te falar uma coisa? Eu vou sair cedo ou tarde. E eu não vou abortar, sabe por quê? Porque eu acredito em Deus. Olha só, eu ando até com um martelo na bolsa, olha aqui, óh. E posso te falar? Eu pedi a Deus um menino. O meu último filho, eu pedi um menino. E eu não vou nem fazer o teste, porque eu tenho certeza que é um garoto. E eu vou ter esse filho quer você queira quer não, e posso te falar? Esse muleque vai mudar a minha vida." E aí, vinte e oito anos depois, filho, você tá aqui. Meu menino, fruto do esquecimento da pílula do dia seguinte! O meu garoto, que apostou numa profissão que eu não sei nem falar o nome. Uma profissão que eu nem sabia que tinha. Apostou, venceu e resolveu me entregar a medalha. Olha filho, eu te amo tanto que eu não consigo mensurar em palavras.

Eu odeio chorar. Porque eu sempre aprendi na minha Quebrada que quem chora é fraco. E isso tá errado. Porque, nesse dia, eu chorei. Eu chorei dentro do melhor abraço do mundo. E, no meio desse abraço, eu olhei pro lado e percebi que a cabeça dela tava bem aqui, do lado da minha...

Aí, na moral, pra todo mundo que curte meu trampo, eu só tenho uma frase, na humildade:

SÓ AGRADECE!

ELE SE SUPERA

Ao longo desses anos em parceria na produção dos espetáculos com Thiago Ventura, ele nos mostra sempre a sensibilidade com que ele enxerga as vivências de seu cotidiano e assim vai compondo sua própria história nos palcos, no qual enche as plateias de alegria.

Não posso esquecer de ressaltar a delicadeza e o carinho com que o Thiago trata todos que atuam profissionalmente ao seu lado.

É uma pessoa conhecida por sua generosidade, espírito de aventura, coragem e perseverança. Além de tudo isso, está sempre abrindo portas para outras pessoas chegarem ao sucesso. Às vezes, em alguns trabalhos você pensa que ele não vai mais surpreender quem o acompanha tão de perto. Mas, de repente, ele se supera!

CLARA LANZILLO
@claralanzillo

Na minha rua
tinha guerra de pedra.
Teve um dia que eu mirei
na cara de um amigo
e ele abaixou,

a pedra acertou na cara
da mãe dele! Um amigo gritou

– Ae Thiaguinho, mirou no soldado
e acertou no chefão!

GAME OVER

Acho que Deus não é contra a maconha, pensa bem

A Bíblia é de seda

REAÇÕES

"Cuidado com o impulso". Sempre que você ler ou souber algo ruim que disseram sobre você, lembre dessa frase e se afaste um pouco da fonte. Se acalme e cuide do seu impulso. EU JÁ FALEI E FIZ MERDA PRA CARALHO! Até dei risada escrevendo essa parte. Pois lembrei de coisas que disse e tô aqui pensando: "Precisava?".

É só tirar pela margem. Geralmente o *hater* se encontra dentro daquilo que eu chamo de perto do pacote, mas não dentro. O famoso 2%. Não tem como 2 ser maior que 98. Não dá. Valorizar os 2 é dar *all-in* no meu jogo, sem ver as cartas. Se você tem uma planta que tem duas folhas ruins, você poda as duas folhas pra que elas não contaminem as outras e fica suave. Se num jogo de futebol, o placar tá 98 a 2 pra você e ainda assim você ta chorando... é porque você merece.

Eu entendi que a internet produz positivo e o negativo. O que eu estou jogando na internet é ódio? Não. Estou produzindo o positivo. Estou produzindo uma parada maneira pras pessoas. Então, eu tenho que colher o que eu planto.

ACADEMIA

Em *Só Agradece*, Thiago Ventura faz uma coisa muito importante da qual às vezes esquecemos de fazer que é: agradecer. Isso mostra respeito. Ele agradece a família, aos amigos e enaltece sua mãe como protagonista da sua trajetória.

Hoje o Thiago é meu amigo e colega dos grupos Comédia ao Vivo, do Naitan e dos palcos por aí, onde treinamos como quem vai pra academia pra manter a forma.

Ele tem muito talento, isso é fato, mas muita gente tem muito talento no nosso meio da Comédia. Sou fã dos meus colegas e admiro estes diferentes talentos. O Thiago Ventura tem um algo a mais que transcende este conceito, ele consegue tocar a plateia de uma forma única, o americano chama isto de *"likeability"*, não há uma tradução específica para esta palavra, mas seria algo do tipo: poder ou habilidade de ser gostado.

A primeira vez que o vi foi no Comédia ao Vivo. Ele fez o texto da Calça Jeans com uma atuação matadora, fazendo imitação da própria mãe, falando coisas do tipo: "Um dia eu vou sumir!". Rolou uma identificação direta da plateia, era quase uma esquete.

Thiago tem uma veia empreendedora, caiu no gosto popular e cresceu muito com o seu estilo, o cara da Quebrada, esta galera até então não se via na cena da Comédia, nem tinha alguém que os representasse nos palcos, na *web* e na TV.

Ele sempre me fala que assistir a minha apresentação no *Programa do Jô* em 2006, o incentivou. O Thiago já era comediante, só precisava saber, ter certeza de que isso era possível. Fiquei bastante honrado em ter feito parte disso como uma das setas de direção pra que ele seguisse essa carreira.

O Thiago Ventura fez este gênero que chamamos de Stand-Up se popularizar ainda mais e numa proporção estrondosa.

Hoje eu também aprendo com ele e sou grato por ele ter aquecido a cena da Comédia. Isso reflete no meu trabalho e de vários colegas.

Então o que posso falar é: *Só Agradece*, Thiago.

DIOGO PORTUGAL
@diogoportugal

EPÍLOGO
UM BEIJO DO JÔ

- O Felicio pai do meu amigo Felipinho tem dois dentes,

"LÁ VEM O DENTINHO!"

- UM PRA DOER
- E OUTRO PRA FURAR O YAKULT.

EPÍLOGO

UM BEIJO DO JÔ

Aí Quebrada! Obrigado pela leitura de todos!

Eu comecei a fazer Stand-Up por conta do Diogo Portugal, um dia eu recebi um depoimento do Orkut, lembra do Orkut? "Só adiciono com *scrap*". Eu odiava aquelas minas que falavam: "Complicada e perfeitinha", amiga se você é complicada então você não é perfeitinha. Aí, por conta do Orkut, eu recebi uma mensagem de um amigo meu chamado Rafael Inocente, que a gente chamava ele no colégio de Bozo. Se você estiver lendo esse livro meu amigo, saiba que eu lembro de você todas as vezes em que eu vou falar do meu início, tá? Porque foi esse cara que mandou o vídeo e, quando eu assisti o Diogo Portugal no Jô Soares, eu olhei e eu me arrepiei inteiro, porque eu sabia exatamente o que eu nasci pra fazer.

Eu pensei: "Mano, se tem gente pagando pra ver isso... eu quero fazer isso. Porque eu sei fazer isso". Só que eu não sabia como estudar, então eu dei o meu jeito. O Diogo Portugal, eu quero que, por favor, vocês procurem, pois isso aqui é história do Stand-Up nacional, tá ligado? Coloca assim na busca: "Diogo Portugal no Jô Soares". Foi há muito tempo.

Tem uma hora em que o Diogo tá fazendo todas as piadas, aí ele termina e está saindo de cena e o Jô olha pro Diogo Portugal e fala: "Não! Eu quero mais". Eu quero que vocês prestem atenção no vídeo. Quando o Jô endossa, falando que aquela Comédia era ótima, as pessoas começam a rir duas vezes mais, e dali foi o nascimento da Comédia Stand-Up, um negócio novo no Brasil, tá ligado? Se o Diogo não estivesse lá. Depois, pelo site do Jacaré Banguela, do Rodrigo Fernandes, se não tivesse popularizado o texto pela internet, talvez não existiria esse livro, talvez nenhum dos comediantes que vocês gostam existiriam também, pelo menos os comediantes Stand-Up. Depois que o Diogo começou a popularizar a porra toda, aí vocês conheceram o Rafinha, conheceram o Danilo, conheceram o Bruno Mota, todo mundo, a porra toda, vocês sabem disso...

Só que tem um cara que eu sempre fui muito fã. Que é um cara meio gordinho, careca, que ele tava na plateia do Jô e ele entregou um papel pro Jô do nada, doido. Ele desceu e falou:

– Ôh papel!
O Jô falou:
– Uow!
Tocou o tamborim lá dele e o Bira soltou:
– Aaaha!

Claro que não foi assim, eu só tô tentando não deixar essa história muito emotiva.

O nome desse muleque era Fábio Porchat. Fábio entregou isso e fez uma cena dos *Os Normais*. Ele fazia os dois (personagens), tá ligado? E isso foi demais porque eu assisti essa entrevista e pensei: "Esse cara é o cara mais engraçado do mundo!" e eu comecei a seguir ele em todos os lugares. Eu falava: "Mano, se um dia eu for bom de Comédia, eu quero ser bom igual ao Fábio Porchat, ele é a minha referência".

Na real, eu tinha sempre três referências: a primeira que é o Porchat. No Stand-Up, ele é o cara que tinha mais gatilhos cômicos no bolso, tá ligado? Ele era muito rápido.

O segundo, chama Fábio Rabin, que é o cara mais brisado que eu conheço. Rabin é o cara mais engraçado de todos, tá ligado? Eu vou falar um bagulho, eu já vi show do Fábio Rabin e às vezes ele entra no palco e fala: "Aí mano?! Firmeza?! Plateia bonita... em Floripa, porque aqui tá embaçado".

Quando eu vi esse cara lançando essa, logo na primeira piada quando entrou, já ganhou aplauso, eu falei: "Eu amo esse cara!". Vai estar no meu Top 3: Então era Fábio Porchat, Fábio Rabin... e, quando conheci em 2010, um cara chamado Afonso Padilha, eu percebi que existem pessoas que são da minha idade e que são tão bons quanto as pessoas que estão há mais tempo na Comédia. Naquele dia eu percebi que a Comédia é muito foda!

A Comédia não quer saber se você se você é homem, mulher, se você é gay, se você é hétero, ela quer saber se você tem uma boa piada. E é exatamente isso. E por que eu estou contando tudo isso? Porque quando o Jô chamou o Fábio Porchat, eu conheci uma das minhas referências. Só que antes do Fábio, o Jô era referência de humor, não pra mim, mas pra todos vocês. Todo mundo lembra que a gente ia dormir depois do Jô, sim ou não?

E isso é muito foda, porque o Jô impulsionou a Comédia nacional. Só que antes, Jô Soares, José Vasconcelos, Dercy Gonçalves e Chico Anysio já faziam Comédia Stand-Up, antes do termo *Stand-Up Comedy* ser conhecido no país. Leitor, olha aonde eu quero chegar.

Faz algum tempo, acho que foi numa terça-feira, não lembro a data exata, o Fábio Porchat lançou um prêmio chamado Prêmio do Humor e eu fui indicado como Melhor Peça, Melhor Performance e Melhor Texto pelo cara que é minha maior referência na Comédia. Vocês ainda não entenderam a importância disso, mas vamo lá. Eu não sei se vocês sabem, mas no mundo do Teatro o Stand-Up não é considerado uma peça. Por quê? Eu não sei. Mas eles nunca valorizaram. Quando o Fábio Porchat que é do Stand-Up e é do Teatro fez um prêmio pra que todos os críticos de Teatro fossem ver peças, incluindo o Stand-Up, eu recebi nas plateias vários críticos de Teatro, e eles me indicaram como Melhor Performance, Melhor Peça e Melhor Texto. Cuzão, eu ganhei como Melhor Texto!

Sabe o que foi mais foda? Foi quando Os Barbixas me anunciaram, e Os Barbixas é um trio, caralho, que eu sou muito fã. E eles falaram:

— E agora, o Melhor Texto, concorrendo com peças de Teatro de humor, o Melhor Texto vai para... Thiago Ventura!

Só que o que eu não sabia era que, quando eu fui anunciado, passo por um gordinho, branco, com óculos e barba branca, aplaudindo... é o Jô Soares. Ele aplaudiu a figura de um muleque de Taboão por três vezes, e viu esse muleque como Melhor Texto, a única coisa que nóiz da Comédia Stand-Up temos e nóiz preservamos: o texto. Já tinha sido foda pra caralho! Eu subi no palco eu fiz um discurso de bosta!

Eu não lembro nada de que eu falei, a única coisa que eu lembro foi: "Vai caralho!". Vai caralho? Como que tu entra na frente do Jô e fala: "Vai caralho!". Porra, eu falei um "vai caralho!", eu queria é ter subido lá e falado: "Queria agradecer a academia, um beijo pro pessoal da *Smart Fit*". Mas não consegui. Mas eu lembro que eu dediquei pra minha geração de comediantes. Eu dediquei pra Quebrada e eu fiz questão de falar do meu jeito, eu desci e não dei um beijo no Jô.

Pouco tempo depois eu percebi que eu fui o único que não dei um beijo no Jô. Depois disso um cara que eu tenho um respeito muito grande chamado Ary França, veio e me deu um abraço, ele falou:

– Thiago, eu fui um cara que protegeu muito você quando foi indicado, porque você é uma surpresa pra mim.

– Caralho Ary, muito obrigado!

– Quando você foi indicado e recebeu o prêmio, eu falei na orelha do Jô: "Jô dá um beijo nesse muleque, você precisa conhecer esse cara", ele ficaria muito feliz se você desse beijo nele.

– Caralho! Eu quero muito ganhar esse beijo do Jô, quero dar um abraço nele.

E eu fique agradecendo por dois minutos e foi o tempo exato do Jô levantar e ir embora. Eu não ganhei um beijo do Jô, eu fui lá fora fumar um... e lá vem o Fábio Porchat, pensei: "Pronto, vou lá falar com o Fábio Porchat", e eu viro, ele tá na minha cara e fala:

– Me dá um abraço!

Meu queixo só fez aqui, tremendo... e eu fiquei com vontade de chorar. Aí eu olhei pra ele e falei:

– Aí Fábio, posso falar com você depois?

Ele perguntou:

– Que voz é essa?
– Riniti.

Passa o tempo, dou um dois... com os muleques depois, volto... e tô conversando com meu amigo e o Fábio Porchat chega e me abraça:
– Preciso conversar com você. Quando alguém fala mal do Stand-Up, eu protejo porque eu sou do Stand-Up e eu quero que as pessoas saibam. Eu falo: "Não é pra falar assim dele, eu assisti o show dele e ele é bom!" e quando falam bem, eu questiono, porque eu quero saber quem é quem. E quando disseram que você estava sendo indicado nessas três categorias, eu questionei: "Vocês não acham que isso aí é fogo de palha, não? Vocês não acham que isso daqui a pouco vai acabar?". E todos os críticos disseram: "Fábio, você precisa ir lá assistir, o menino realmente tá mandando bem".
Essa foi a parte que eu chorei. O Fábio Porchat chega pra mim e diz:
– Thiago, nunca na história da Comédia, um comediante Stand-Up disputou com peças. Você foi o primeiro e além de disputar, você venceu. Me sinto representado por você.
CUZÃO! Quando esse cara, que é a minha referência falou isso, eu olhei pra ele com tremelique no queixo e falei:

– Fábio, tu tá bêbado?
– Tô um pouco, mas é isso aí...

Dei um abraço nele e a gente ficou conversando por uns 15 minutos antes dele sair. E aquela noite foi muito importante pra mim.

– Fábio, só mais uma coisa:

Só Agradece!

Meu filho Thiago,

Escrevo essa cartinha para você, porque eu fico admirada de ver como você é uma benção na minha vida e na vida de muita gente.

Como você gosta de brincar e me desafia dizendo que eu não sou mais a líder, porque perdi a liderança para você. Então, agora eu vou escrever nessa carta aquelas coisas que as mães contam dos filhos, e deixam eles encabulados, pra todo mundo saber. Ah Thiago, se prepare!

Bom, eu sou muito feliz e muito grata por Deus por ter me dado você de presente. Só Ele sabe o quanto eu rezei para que Ele me desse um filho homem. Até chantagenzinha eu fiz com Deus, tenho que confessar.

Mas não foi fácil não. Imagina: uma mãe divorciada com duas meninas pra criar sozinha, ficar grávida pela terceira vez! Foi um deus nos acuda na família. Diziam que eu era irresponsável, vagabunda e, como enfermeira, eu devia saber bem como resolver aquilo de uma vez por todas.

Resolvi mesmo, contrariei a família e me preparei para receber você. Nem por um segundo me passou pela cabeça em tirar o filho que tanto havia pedido a Deus. Sabia que seria homem, tinha certeza disso, a dúvida era: qual seria o nome do bebê? Escolhi: Thiago.

Você sempre foi obediente e quieto, as visitas, quando iam em casa, perguntavam: "Mas por onde anda o Thiaguinho?". Eu tinha que te chamar e lá vinha você educado, cumprimentava e sumia de volta pro quarto.

Sempre cheio de amigos, você brincava feliz pela rua. Quando saía alguma confusão com alguém, aí eu entrava no meio: "Thiago, venha já pra casa, menino!". E os amiguinhos na rua enchendo... "Ihh, vai lá com a mamãezinha..." e eu não deixava por menos: "Sim, se eu estou chamando, é pra ele vir mesmo. Eu sou a mãe, sou eu quem cuido, sou eu que dou de comer...". E pra cuidar de você enfrento qualquer coisa.

Eu não sabia. Você sempre quieto nunca demonstrou isso dentro de casa, mas na escola você já era uma liderança. Na faculdade, na hora de apresentar o seu trabalho, não sei bem o que você fez, mas sei que se apresentou de uma maneira diferente e deixou os colegas animados. Na formatura, era você o paraninfo da turma.

Lembra quando você foi promovido no emprego do Banco e me disse que queria deixar a profissão para se dedicar em uma coisa que eu nem sabia falar o nome, um tal de Stand-Up? Outra pessoa poderia ter falado: "E isso lá dá futuro?". Mas eu não disse isso, dei todo apoio. O que eu disse foi: "Você é novo meu filho, tem o direito de sonhar e realizar os seus sonhos, se não der certo, você é batalhador, consegue um outro emprego".

Lembro como se fosse hoje, você passando as noites fora de casa, se apresentando, correndo pra lá, correndo pra cá, se esforçando e dando o seu melhor.

No dia da gravação do *Só Agradece* em Curitiba, você me disse que era eu quem iria apresentar você para o público, me ensinou o que eu deveria falar e quando eu fui ao palco, eu não vi ninguém. Me disseram que tinham 2 mil pessoas no teatro, mas não vi ninguém.

Tem coisas que você fala em cima do palco que eu não gosto. Você sabe, quando eu cruzo os braços, é porque eu não gosto. Mas eu não fico zangada não e nem brigo com você. Até porque eu sempre pedi pra que você falasse a verdade e, na sua apresentação, algumas coisas eu sei que não são verdade, mas a maioria é. Como eu posso brigar com você por dizer a verdade?

Tem momentos em que eu fico tensa, dá aquele aperto no coração, uma palpitação.

Uma amiga veio em casa um dia pra dizer: "Como é que você deixa o Thiago ficar falando da vida de vocês e coisas íntimas de casal?". Eu respondi: "Filha, se eu não me incomodei, por que você está incomodada? Se te incomoda, é fácil, é só não ver". Eu entendo que é uma forma de você se expressar, desabafar os seus sentimentos.

Não gosto muito quando você fala palavrão, mas também eu, que sou da igreja, também falo palavrão quando fico nervosa.

Quando eu digo assim: "Jesus, me dá licença que agora eu vou quebrar o pau". Aí, sai de baixo, eu falo palavrão mesmo. Então esse negócio de falar palavrão e falar gíria é como falam os seus amigos da Quebrada.

Faz dois anos, quando você foi operado do joelho e eu lá sozinha no hospital acompanhando tudo de perto, não foi fácil não. Principalmente depois de você tomar Morfina e se desesperar de dor porque o remédio não fazia efeito... Nossa, quase tive um troço. Eu até hoje fico abalada quando lembro daquilo. Nesse dia, minha profissão de enfermeira não valeu de nada, aquela mulher forte que enfrenta qualquer situação se desmanchou. Só Deus sabe a provação que enfrentamos, meu filho, mas Ele não desampara a gente.

As pessoas devem achar que eu sou aquela religiosa que anda com martelo na bolsa, igual você fala. Isso não é verdade não, eu conheço gente que é assim, só que não adianta ficar pregando pra Deus ajudar e estourar o limite do cartão. Pra dizer depois: "Tá amarrado", tem coisa que não é amarrado não, é a própria pessoa que se enrola...

Em relação à maconha, você sabe muito bem que eu não gosto que você fume. Por mim, você não fumaria e sei que outras mães vivem esta mesma situação. Mas independente de qualquer coisa, você é meu filho e eu estou do seu lado para o que der e vier.

Só que, ultimamente, Thiago, você anda tão descarado, mas tão descarado que outro dia me disse: "Mãe, meu sonho é fumar maconha junto com a senhora". Deus sabe, tem sonho que não é pra ser realizado.

O que eu sempre te digo, filho, é que você veio pra ajudar as pessoas e fazer as pessoas sorrirem. Não se iluda com a fama, que você continue sempre sendo essa pessoa simples. Às vezes, quando a gente vai num restaurante, você nem come. É tanta gente pedindo pra tirar uma foto, pedindo um autógrafo, a comida esfria, você dá atenção pra todo mundo e no final vai embora do restaurante sem comer. Mas eu não ligo.

A primeira vez que percebi que eu tinha um filho muito famoso, foi bem no começo da pandemia, quando você se comprometeu a entregar 100 cestas básicas e fez a vaquinha para que comerciantes doassem 100 mil reais para famílias carentes de Taboão da Serra. Eu pensei: "O Thiago tá doido, e se não der certo? Tem muita gente passando dificuldade, vão acabar com a imagem dele se não juntar toda essa grana". Comentei com a sua prima Giovanna e ela me tranquilizou: "Tia, as pessoas gostam muito dele, o Thi é bem carismático e vai conseguir...".

Eu só me dei conta do tamanho do seu nome, na semana seguinte, quando as doações alcançaram praticamente o dobro do que você pediu.

Eu acho muito bacana fazer parte desse livro. Eu com certeza vou comprar o meu. Sei que você não vai deixar, mas eu peço pra uma amiga comprar no meu lugar sem você saber. Eu faço questão de comprar porque eu sou sua maior fã, meu filho!

Esses dias você me disse: "Mãe, a vida toda você foi a líder, mas agora você não é mais. Cadê aquela mulher forte que pariu esse cabeçudo?", mas eu nem ligo, porque passa um tempinho, lá vem o Thiago me mostrando alguma coisa e pedindo conselhos. Então, eu deixo você pensar que é o líder agora, é assim que faz uma verdadeira líder, tá meu filho?

Então Thiago, se você está lendo isso de pé, é melhor se sentar, sentado você vai cair da cadeira, porque você vive me dizendo que eu nunca digo que te amo. Esses dias mesmo você me cobrou isso. Você precisa entender que existem várias maneiras de amar e demonstrar amor. E o amor de uma mãe é a coisa mais forte e mais bonita que pode existir. A gente abre mão de nossa vida pra se dedicar a vida de um filho e com um amor desse tamanho, enfrentamos qualquer dificuldade. E agora, só me falta dizer uma coisa aqui no seu livro pra ficar registrado e todo mundo saber:

Thiago, sua mãe te ama muito, meu filho!

DONA NICE

Todo final de ano meu amigo Cris dá uma volta no quarteirão correndo de costas.

Perguntei o que era e ele falou: "-RETROSPECTIVA."

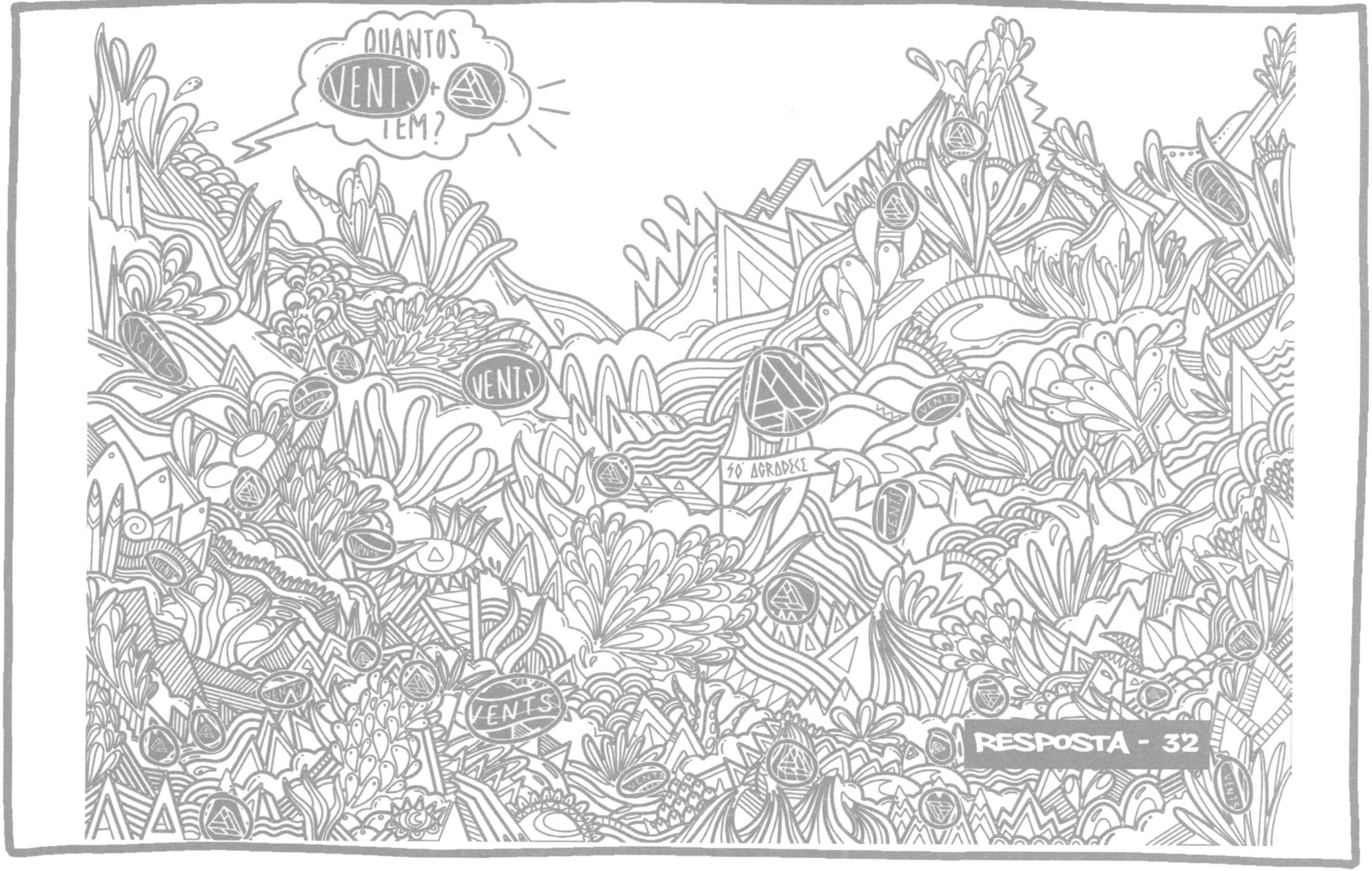
QUANTOS VENTS + TEM?
SÓ AGRADECE
RESPOSTA - 32

SÓ AGRADECE

"Dedico esse livro a você, Mãe.
A pessoa que mais amo e admiro no mundo."